SHORT CLASSICS
短经典精选

SIMPLE RECIPES
——————— Madeleine Thien ———————

子弹头列车

〔加拿大〕邓敏灵 著 梅江海 译

人民文学出版社
PEOPLE'S LITERATURE PUBLISHING HOUSE

著作权合同登记号　图字 01-2023-4157

Madeleine Thien
SIMPLE RECIPES

Copyright © Madeleine Thien, 2001
This edition arranged with Slipperclogs Inc
through The Wylie Agency (UK) Ltd.
All rights reserved.

图书在版编目(CIP)数据

子弹头列车/(加)邓敏灵著;梅江海译.—北京:
人民文学出版社,2024
（短经典精选）
ISBN 978-7-02-018367-8

Ⅰ.①子… Ⅱ.①邓… ②梅… Ⅲ.①短篇小说-小说集-加拿大-现代 Ⅳ.①I711.45

中国国家版本馆 CIP 数据核字(2023)第 237928 号

总 策 划	黄育海
责任编辑	卜艳冰　欧雪勤
封面设计	好谢翔

出版发行	人民文学出版社
社　　址	北京市朝内大街 166 号
邮政编码	100705
印　　制	凸版艺彩(东莞)印刷有限公司
经　　销	全国新华书店等
开　　本	889 毫米×1194 毫米　1/32
印　　张	6.625
字　　数	121 千字
版　　次	2016 年 10 月北京第 1 版
印　　次	2024 年 2 月第 1 次印刷
书　　号	978-7-02-018367-8
定　　价	59.00 元

如有印装质量问题，请与本社图书销售中心调换。电话:010-65233595

SHORT CLASSICS
短经典精选

将爱献给我的家人

房子是个简单的结构。

建造者去了,可房屋依存。

每个人的童年都不同寻常,

就像是阴凉处长的薄荷。

翻译皆艰难,

毫无自然的音韵。

世界可能是苍老了,

可它早已衰老,

既无终止,又无开端。

——摘自鲁·博森的诗《牛奶》

目录

001 | 简单的菜谱
017 | 俄勒冈记事
046 | 我和波拉
065 | 电讯稿
083 | 房子
106 | 子弹头列车
132 | 城市地图

简单的菜谱

煮米饭可以用一种简单的方法,那是父亲在我小时候教我的。那时,我常常坐在厨房的台子上看着他用手又快又准地把米中的小土块、沙粒以及其他杂物剔出。他用手在水里搅动两下,水就变混浊了。他清洗米粒时发出很响的声音,听上去就像是一群昆虫在鸣叫。他一遍又一遍地淘洗,把水滤尽,再往锅里装满水。

煮饭的程序很简单。米淘净之后便可放水——衡量水量的方法是把食指放进水里,让指尖碰到米的上方,水位不得超过手指的第一个关节。父亲对这些了如指掌,从来不用量杯。他闭上眼,用手指去感觉水的多少。

我仍旧不时地梦见父亲,他的光脚板平贴着地面,站在厨房中间。他上身穿着件前襟开扣的旧衬衫,下身是一条褪色的、腰间束条松紧带的便裤。他看上去与周围的环境——洁净的台面、棱角鲜明的炉子、冰箱和明亮的水池——很不协调。他在我记忆中的这一形象细节逼真、栩栩如生,时常让我感到惊异。

每天晚饭前,父亲都要履行这套淘米仪式:淘洗、滤水,然后把锅放进电饭煲。我长大些以后,他把烧饭的任务交给了我,可我从来没像他那么仔细。我总是走过场,把水弄得一阵哗啦啦响,而后把食指戳进锅里,去衡量水的多少。有时我把饭烧成稠糊一团。我对自己连这样一件简单的事也做不好感到不安。"对不起。"我会低声难为情地对大家说。可父亲听了之后却若无其事,大口大口地把饭往嘴里扒,好像他根本没注意到我和他的煮饭能力之间的天壤之别。他总是让筷子迅速地走遍自己的盘子,吃完最后一口。然后,他会吹着口哨站起身来,清理饭桌。他的一举一动是那么利索、笃定,让我确信世界上万事大吉。

*

父亲站在厨房中间。右手拿着一个装满水的塑料袋,袋里装的是一条活鱼。

尽管鱼的嘴仍在一张一闭,很难说它还在呼吸。我伸手去摸它,用手指隔着塑料袋触摸鱼的鳃和它那柔软但鼓出来的身子,还用指头去按它的眼珠。那鱼直愣愣地看着我,无力地左右扭摆。

父亲把厨房的水池里放满水。他迅速地把袋子口朝下一倒,鱼便顺着水游出，身体扭动着，蹦跳着。我们用眼睛盯着它，我两脚踮着，下巴撑在台面上。那鱼有我的手腕到胳膊肘那么长，贴着水池边游动着。

父亲开始做晚饭，我继续在一边看鱼。在头顶上的水的挑逗下，那鱼把身子折起来，想要转身或游动。尽管我用手指在它的身子周围划了些小圈儿，可那鱼还是原地不动，只是在冷水里左右摆动着身体。

往往一连几个小时，家里只是我和父亲两人。母亲工作，哥哥在外面玩，我和父亲坐在沙发上选看电视节目。他喜欢烹调实况表演节目。我们一道看《与甄共厨》时，父亲时常对甄厨师的烹调技艺加以评论。当甄厨师把橘子皮变成天鹅时，我都看呆了。可父亲有些不屑一顾。"这我也会，"他说，"并非天才才会弄这两下。"他把一根葱放进水里，叫我看他怎么让葱像花一样绽放。"这种小招数我可知道不少，"他说，"比老甄多多了。"

可是，当甄厨师演示如何烧北京烤鸭时，他却很认真地记笔记。而且，对甄厨师用的双关语他会很开心地笑起来。"让我们一道走'野道'来烧这菜！[①]"甄厨师把他的扁勺指着摄像机说。

[①] 英文里炒中国菜的锅"wok"与走"walk"系谐音。

"哈，哈!"父亲笑得双肩都抖动起来，说，"走野道!"

早上，父亲送我上学。下午三点，我们又从学校走回家。一路上，我会忙不迭地把一天所学的东西全告诉父亲。"腕龙（恐龙的一种）只吃软软的蔬菜类植物。"我对他说。

父亲点着头说："那跟我一样。来，我来看看你的前额。"我们在路上停下，面对面地站着。他俯身仔细看了我的前额之后说："你的前额很高。聪明的人前额都高。"

我骄傲地向前走，步子迈得和父亲的一样大。先右，再左，再右，当我的脚步与父亲的合上拍之后，我高兴极了。我们走起路来像是一个人似的。父亲的手很巧。他会坐上一个小时不动窝，用个圆勺把西瓜掏空，而后把瓜皮刻成一座城堡。

我父亲出生在马来西亚。他和母亲一道在我出生前几年移民来到加拿大。先去蒙特利尔，最后在温哥华定居。我出生在雨绵绵的温哥华，可父亲则出生在一个水滂沱的雨季国度。我小的时候，父母曾经试着教我学他们的语言，可谈何容易。父亲表情和蔼地用拇指轻轻地摸着我的嘴，像是要发现是什么让我在学习语言方面与他们不同。

我哥哥出生在马来西亚。可和父母一起移民到加拿大以后，他的母语便离他而去。要么是他忘了，要么是他拒绝接受那个语言。对像他这样的年轻人来说，忘记或拒绝一种语言倒也是常见的。可是，这事很让父亲恼火。"一个孩子怎么会把母语给忘了？"他常问母亲，"那是因为这孩子太懒，不想记。"我哥哥十二岁以后，下午放学后就不回家。他在屋后的小路上来回踢足球，直到吃饭时才回家。白天，母亲在市中心的沃尔伍德商场（那商场的楼顶上有个旋转的字母W）当营业员。

我们家的天花板上沾有黄色的炊油，空气里也充满油烟的成分。我记得我曾经很喜欢那有分量的空气，那空气里凝聚着在一间小厨房里做出的无数餐饭菜的味道。所有那些美味都竞相争夺着空间。

水池里的鱼在慢慢死去。它全身发亮，鱼皮像是用发光的矿物质制成的。我想用双手去推它，它的身体在我手指的压力下变得很紧张。我想如果我用手抓紧它，会感受到它跳动不停的心。可我没用手，而是用眼睛与它的眼睛对视。你是太……困了，我对它说，你太……累了。

父亲在我旁边快速地切着葱。据他说，他用的这把菜刀比我的年龄还大好几岁。刀刃前后滚动，在他的手腕边垒起一圈切碎的青葱，像座金字塔似的。切好葱，他把右边的袖子卷起，伸到水里去把水池的塞子拔掉。

池里的鱼浮起来，我们一声不响地看着。先是它的鳃，而后是它的肚子都露出水面。最后水放干了，池子里没水了。那鱼侧身躺着，张着嘴，身子一起一伏。它朝侧面跳起，撞在水池上。又跳起，将身体卷起来，猛然一转身，朝自己的尾巴冲去。它又朝空中跃起，很重地掉下来，身子猛烈抽搐着。

父亲把手伸到池子里，抓住鱼的尾巴，轻轻地把鱼放在台子上。他用一只手抓住鱼，另一只手则用刀面去敲那鱼头。鱼不动弹了，父亲便开始洗鱼。

*

我把自己公寓的墙擦洗得干干净净。每次烧饭都打开窗户，并把风扇打开。我刚搬进自己的公寓时，父亲帮我买了个电饭煲，可我很少用。所以它一直被搁放在橱柜的深处，电线还齐整地环绕在它的腹部。我并不向往过去吃过的那些饭菜，但我很想念全家人坐在一起，饥饿的身子略向前倾，等着父亲像魔术师一样将一盘盘菜揭开的情景。全家人边吃边笑。白色的蒸汽把母亲的眼镜罩上雾气，她不得不把眼镜取下，放在桌上。她常常闭着眼睛吃饭，筷子里夹着青脆的蔬菜，那鲜绿至极的蔬菜。

＊

哥哥走进厨房，他身上沾着土。他走到哪儿，哪儿就有一路土跟着他。他用一只手臂挽着那沾满泥土的足球。他从父亲的身边擦过，一脸紧张的神情。

母亲在一旁往鱼上撒蒜蓉。她叫我把一只手伸到鱼头下面托住，而后把鱼向后扳，好让她往鱼肚子里塞生姜。我很小心地把鱼翻了个个儿。那鱼的身子又紧又滑，布满了小而尖的鳞片。

父亲从炉边拿起一把旧茶壶，里面装满了油。他将油像根细丝带一样倒进炒菜锅。过了一会儿，油开始炸锅，他拎起鱼，把它放进锅。他往锅里加些水，烟雾便腾空而起。煎鱼的声音就像是车胎开在碎石路上的声音，其音量之响盖过其他所有的声音。然后，父亲走出烟雾。"盛饭。"他边说边把我从台子上抱起来，让我站在地上。

哥哥这时才回到厨房，手上尽是泥，他的膝盖简直就是泥砖的颜色。他走起路来，足球短裤忽扇忽扇地蹭着他的腿后侧。他气呼呼地坐下来，父亲假装没看见他。

电饭煲里的米饭平平的，就像是块馅饼。我把饭勺放进锅里，搅了下米饭，一股热气冲上来，凝聚在我的皮肤上。父亲还在炉边灵巧地挥动着手臂炒菜,我就开始盛饭了。第一碗给爸爸,第二碗给妈妈,然后是哥哥,最后是我自己。在我的身后,鱼仍在用大火烧。父亲在蒸锅里蒸花菜,他一遍又一遍地搅动着。

哥哥用脚踢了下桌腿。

"你怎么了?"父亲问道。

哥哥先是不吭气,然后说:"我们为什么要吃鱼?"

"你不喜欢吃鱼?"

哥哥把双臂交叉着放在胸前。我看见他胳膊上糊着黑黑的干泥块,心里想着用小勺子一点点把泥从他身上刮下来的情景。

"我不喜欢那鱼眼珠,让人看着恶心。"

听了这话,妈妈咂起嘴来。她胸前还别着上班时的名片,上面写着沃尔伍德商场,售货员。"别再说了,"她说着把手提包挂在椅背上,"快去洗手,准备吃晚饭。"

哥哥先是瞪了会儿眼睛,然后便开始抠胳膊上的泥块。我正把装了米饭的盘子端上桌。那泥块从他的皮肤上飞下来,变成颗粒落在桌布上。"别抠了。"我很生气地说。

"别抠了。"他模仿我的声调说。

"嘿!"父亲用手中的菜勺敲了下台面。"砰",菜勺发出一记音调很高的声音。他指着哥哥说:"这个家里不许打架。"

哥哥眼睛看着地板,嘴里嘟囔了几句,就拖着脚步离开饭桌。

他又走开几步后,开始跺脚。

妈妈摇着头,开始脱上衣。上衣从她的肩膀上滑下来。她用我听不懂的语言对父亲说了些什么,父亲只是耸耸肩。过了一会儿,他开始回答妈妈。我认为他说的话非常熟悉,好像那些话我本该听得懂的,好像那些话我似曾能听懂,可后来忘了。他俩说的语言充满了柔软的元音,词语都连在一起,使我无法分清他们停顿换气的间隙。

妈妈有一次与我谈到负疚感。她自己的负疚感就在手心里攥着,像是件祭品。但是,你的负疚感是不同的,她说。你不必抓住不放。想象一下,应该这样,她说,她的两只手摸着我的前额,然后伸进我的头发。你想象一下,她说。用脑子去看,你看见什么了?

皮肤上有块青紫,又宽又黑。

一块青紫,她说。集中精力看着它。现在,这是块青紫。但如果你集中精力,就能把它缩小,把它变得像针尖那么小。然后,如果你愿意,如果你能看见它,就能把它像颗灰粒一样从你身上吹掉。

她用双手摸着我的前额。

我试图照她说的那样去想象。我想象着把虚无的东西吹走,只是这些毫无意义的小东西,这样一种让我能神奇地一走了之的复杂局面。母亲让我相信自己的思想的力量,似乎我能让从来不存在的东西出现。或者反过来说,让存在的东西翻上几番,就会变得无影无踪。你看不见后果,整个东西也就烟消云散了。

父亲用勺子的边去翻鱼。靠盘子那面的鱼肉是白的。勺子一提,烧鱼的汁顺着鱼的一侧流下来。他舀起一块鱼肉,小心地放在我的盘子上。

他的勺子又把鱼皮弄破了。父亲很小心地舀起另一块鱼,想放在哥哥的盘子里。

"我可不想要。"哥哥说。

父亲的手犹豫了一下。"尝尝看,"他微笑着说,"吃饭也可走走野道。"

"我不要。"

父亲叹了口气,把那块鱼肉放在妈妈的盘子里。我们吃饭时什么话也没说,只是用勺子去舀不同的盘子里的菜。我父母用筷子吃饭,他们把碗端起来,用筷子把食物往嘴里送。整个房间充满了饭菜的味道。

父亲吃得很慢,全神贯注地品尝嘴里的美味,每口饭都吃得很香。母亲的眼镜蒙上雾气,她把眼镜摘下,放在桌上。她吃饭时低着头,像是在祈祷。

哥哥把一块花菜送到嘴边,深深地叹了口气。他用嘴巴嚼着,可不一会儿,他的面部表情变了。突然,我脑海中浮现他即将被淹死的情景,他的头发像水草一样飘扬。他咳了一下,把那口花菜吐在自己的盘子里。他又咳嗽一声,用手摸着脖子,噎住了。

父亲砰的一声把筷子放在桌上,伸出手去,一把抓住哥哥的肩膀。"我是想忍着不治你的,"他说,"可我不知道你这儿子怎么做的,如此无礼!"他的另一只手从我身边抽过去,把哥哥的脸扇出了血印。

母亲的身体向后抽搐了一下。哥哥的脸很红,嘴巴张着,眼圈湿了。

哥哥还在咳嗽,可他抓起一把叉子,叉尖对着爸爸,不顾一切地向父亲扔去。那叉子击中父亲的胸口,落在地上。

"我恨你!你狗屎不如。你他妈的狗屎不如,眯眼中国佬!"哥哥手里拿着自己的盘子,砰的一下掼下来,盘子里的食物撒得满桌都是。他边咳嗽,边气狠狠地说:"我希望你不是我的父亲!我希望你死了才好。"

父亲的手又一次落下来,这次是朝下狠砸下来。我闭上眼睛。我只听见有人在叫喊,大声地叫喊。我不知所措地站在那儿,用手蒙上自己的眼睛。

011

"回你的房间去。"父亲说,他的声音在颤抖。

我认为他在跟我说话,所以就不再用手捂眼睛了。

可是,他在看着哥哥。哥哥也在看着他,小胸脯一起一落的。

几分钟后,妈妈开始清理饭桌。她把盘子里的食物逐一刮进垃圾桶里时,脸上露出一副疲劳的神情。

我离开自己的椅子,从妈妈的身边走过,踩上地毯,走上楼去。

我蹲在哥哥卧室外的墙边。然后,我走上前去一看,只见父亲两手拿着一根竹竿。那竿子很光滑,每隔一段就有个竹节把像头发一样细的竹纹绑在一起。哥哥趴在地板上,像是被推倒或是被拉到那儿的。父亲把竹竿高高举起。

我想哭。我想走进去,站在他俩中间。可我不敢。

那情景就像是一棵树要倒下,树身开始倾斜,在空中慢慢形成一道弧线。

竹竿无声地落下,打破了哥哥背上的皮肤。我没听见他发出任何声响,只见他身上有条横过来的血印。

竹竿又举了起来,又一次落下。我害怕这下要把骨头打断了。

父亲又一次举起双臂。

哥哥趴在地上,脸埋在地毯里哭,手指紧紧地抓住地面。他的双膝弯曲在胸前,头顶朝下钻。他的背弓着。我可以看见他的脊梁,皮肤上出现很多小疙瘩。

竹竿打到骨头里。我脑子里顿时出现了一百万个白点。

妈妈把我从地上扶起来,拉着我走过房子中间的走廊,走进我的卧室,让我上床。所有的东西都是湿的——床单、我的手、妈妈的身子、我的脸。她用我听不懂的话来安慰我,可我只听见有人在尖叫。她用自己的凉手抚摸着我的前额。"别叫了,"她说,"请别再叫了。"可我感到精神失常,无法控制自己,好像这个世界的一切即将就此结束。

第二天早上,我一醒来就听见油在锅里炸东西的声音,还闻到法国吐司的香味。我还听见妈妈忙着把碗盘放进碗橱的声音。

哥哥没下来吃早饭,可没人说什么。父亲把法国吐司堆放在一个盘子里,往上面浇糖浆。妈妈倒了一杯牛奶,然后把这些东西一道送到楼上哥哥的卧室里去。

我像往常一样,跟着爸爸在厨房里转。我追随着他的脚印,跟在他的后面,躲在他的影子里。他不时地俯下身来,用手抚摸我的头发。我想,我们像是着了魔。你看,我俩绕着圈来回走动,他不假思索地做饭——因为这是他不费任何工夫就能完成的任务。他低头对着我笑,但他的微笑不知怎么的就不再使我着魔了。父亲站在那儿，双手垂放在身体的两边，好像忘了要做什么。墙上的漆正在脱落，地板已有好几天没打扫了，上面留有我们脚上沾着的灰粒。

我想，我如此执着地跟在他后面，如此专注地爱着他，使父亲感到迷惑。他知道，随着时间的推移，我会发现，要忽视我所不能理解的事情越来越难。不用多久，我就会丧失对他的缺点和优点区别对待的能力。他知道，我对他的无条件的爱会像哥哥对他的爱一样，持续不了很久。父亲站在厨房中间，不知所措。妈妈终于从楼上下来，用双臂拥抱着他，并对他低声说了些什么。可她说的话我一句也听不懂。但是，她却一个一个音节地用这个从别处偷来的语言与他交流，直到他低下头，明白自己现在的处境。

后来，我用身子倚着楼上哥哥卧室外的门框，我听得见金属的叉子刮盘子的声音。母亲已在哥哥的房间里，她说话的声音时升时降。她用叉子在盘中刮动，叫哥哥吃盘子里的法国吐司。

我朝哥哥的床走去，他房间的地毯粗得扎脚，我总算用双手抓住他的木头床框了。妈妈坐在那儿，我走到她身边，用手去摸她衣袖上的扣子。我把那些扣子转来转去，想让扣子把屋里的阳光反射在墙上。

"你不吃饭啊？"我问哥哥。

他哭起来。我看着他，他半个脸用毯子盖着。

"吃点试试。"妈妈轻声说。

他哭得更凶了，可没发出任何声音。他毯子上的阳光投影随着他身体的抽动而移动。他的头发因出汗太多粘在一起，他的头像老头的头一样前后移动。

有一阵我感到父亲站在门口，但我不能回头看他。我想面对着墙，保持现在的姿势。我害怕如果我转身，走到他身边，就会让自己搅和进去，接受一部分（无论多小一部分）的负疚感。我不知道怎么才能让这样的事不再发生。尽管我现在知道，这些事最终会让我们分道扬镳，这样的暴力会把我所有的爱变成耻辱和悲伤。所以我站在那儿，既不看父亲，也不看哥哥。即便连父亲本人，那样一个可以凭空变出美丽东西的魔术师，现在也只能站在一旁观看。

一个人的脸随着时间变化，越变越清楚。在父亲的脸上我看到了所有发生过的事。我既能看到让他判若两人的愤怒——愤怒使他的脸变得皮包骨头，又能看到他脸上显露出不可忍受的疼痛——疼痛使他的脸布满悲伤，像是要吞噬他的脸庞。我该如何看待他的长处和短处，而不减少对他的爱？有很长一段时间，我认为这是不可能的。我小时候爱父亲不是因为他复杂，有人所固有的两面性，或因为他需要我爱他。孩子并不知道那样去爱一个人。

再简单不过了。温水淌下来，我的双手能感到米粒在手里，那声音就像石子沿着铺好的路面滚动发出的声音。父亲总是把米淘了又淘,用手指去寻找杂物,把它们一个个挑出来。瞧,他手指上有一个几乎看不见的混在米里的小杂物。

如果真有解救的办法,我是会去做的。张开手,抓上一把米,在手掌上摊平,寻找杂物,然后把疵物逐一挑出。这样,手里剩下的就都是好的。

在我记忆的某个角落,水池里的鱼在慢慢死去。我和父亲看着水越来越少。

俄勒冈记事

一

有一次，我们的母亲艾琳半夜坐在我们的床上，向我们列举她不幸福的种种原因。她看着窗外，抚摸着我们的头发。她有时陷入沉默，好像她自己也不知道她是多么的不幸福，不知从何谈起，到哪儿截止。而且，所有让她不幸福的事都和那些让她幸福的事情混在一起，就像这个房子似的。这个房子真是满得不能再满了。有时，她说，她坐在洗手间里是因为那是房子里最小的、有门有锁的房间。即便那样，她还是能听见我们，也就是我、我的两个姐姐——海伦和乔安妮，还有我们的父亲。我们这些人把地板弄得吱吱作响，边看电视，边大声交谈，叫人不得安宁。每次都是我们的吵闹声把她从洗手间里拽出来。她总是一出洗手间就来找我们。她说她想把我们像一张卷起来的纸一样夹在腋下离开这个家。

我们当时还都是孩子：海伦九岁，乔安妮七岁，我六岁。但我们都认为我们的妈妈是个年轻的姑娘。她特别爱哭,脾气还大。她开玩笑地说她三十岁生日那天就要离家出走。"快到那天了,"她逗趣地对我们说,"你们快打点行装吧。"

母亲不高兴时,就摔打东西。她一次又一次地使劲甩关厨房的门,直到门上的玻璃掉在地上,摔得粉碎。我们都光脚,小心地踮着脚尖绕过玻璃碎片。我们的父亲却对此视而不见。他说:"告诉你们的疯妈妈,有人打电话找她。"他说疯字时眼睛里有种很怪的神情,像是在说他并不认为妈妈疯了。可是,我们是亲眼看到的:盘子从她的手中飞出去,而她一脸漠然。父亲转身就离开了家。他慢慢地沿着小路远去。

只有一次艾琳真的丢下我们走了。我们不知疲倦地等着她。半夜,我们躺在比船还宽的床上,等着她的车从路上开回来的声音。我们强忍着瞌睡,可她那晚没回来,第二天晚上也没回来。她不在的时候,我们的父亲坐在厨房的桌子旁,看上去像个老头。他的头发已有缕缕白发,嘴边和眼睛周围的皮肤都开始下垂。"我就像条狗,"他一边说,一边用手抚摸着自己的头,"难道我这样子不像条狗吗?"

我和两个姐姐在小路上来回骑车。骑累了,就在车库里玩,爬到爸爸的棕色 Malibu 车顶上。他把头伸进车库,问道:"你们这是在干什么?"

"开茶会。"海伦告诉他,尽管我们其实什么也没做。

他点点头,说:"你们倒喜欢在车库里玩,不想在家。这是受你们母亲的影响。她头脑有些问题。"

有一天,我们放学后,看见她回来了,坐在沙发上。她因为担心过度显得疲劳不堪。"我很想你们。"她说着把我们往怀里搂。我和两个姐姐坐在她身上。她笑着,想要坐起来,可我们拉住她的胳膊和腿,不让她起来。有时艾琳很正常。她会放《胡桃夹子组曲》唱片,与我们一起随着音乐在房间里旋转着跳舞。这些时候,她会拥抱父亲,亲他的脸,亲他的眉毛和嘴。他俩会在客厅里跳华尔兹舞。她总是踩爸爸的脚,可爸爸只是耸耸肩说:"没事,这不是世界末日。"

我们的母亲摇着头,附和着说:"对,这永远不会是世界末日。"

汤姆第一次来家里时,与我们握了手。他说:"那么,你们就是可怕的三姐妹了。"说着,开玩笑地朝我们眨眨眼睛。艾琳告诉我们,汤姆和她在同一个百货商店工作。他在体育娱乐部。他第二次来时,带来三个羽毛球拍和一筒塑料羽毛球。他和艾琳坐在台阶上喝粉红色的冷饮酒。我们用球拍把球从草坪的一边打到另一边。乔安妮总是不开心,一球打到轮胎秋千上,又一球打得飞过篱笆,落到邻居的院子里。

"你能不能打直了?"海伦不耐烦地说。

汤姆在阳台上站起来,高高地挥动着双臂说:"我明天可以多带些球来!"

乔安妮把背转过来对着他,又把一个球打到树丛里去。

后来,海伦把剩下的最后一个球放进口袋,我们就一起到门廊下面的储藏区去玩了。我们把最后那个球放在装煤灰的水泥坯里,用泥土盖上,然后让它在下午的阳光下烤。我们透过地板之间的条缝可以听见艾琳的声音,腼腆而伴有笑声。整个下午,我们时不时地听到上面很长一段时间没有声音,还听见纱门吱呀作响地被甩上的声音。我们看着汤姆开车离开,他的手伸在车窗外,向我们挥动。

父亲六点钟回家。海伦告诉他纱门又需要上油了。他拿上油筒,把我们带到门外。他把油抹在金属铰链上,等他再次推开门时,门就像过去一样慢慢地关上了,但是不再发出任何声音,只听见门闩关上时发出的轻轻咔嗒声。

我和两个姐姐与父亲在外面坐着,我们的光腿在门廊的台阶之间吊挂着。父亲从口袋里拿出一张照片。他解释说,他是在办公室里偶然看到这张照片的。那是一张缅街一百年前的照片。照片上,看不见车,只有宽宽的街道,但不是水泥铺的街,街上堆着泥土。

妇女们穿着长裙,裙边把泥土带上来。我告诉爸爸,我无法想象街上没有汽车、电车以及其他车辆,只有马在街的拐角处等着的情景。他说:"这就是进步。你看,不管你喜欢不喜欢,社会还是进步了。"

父亲放下照片。他说他可以站在房后的台阶上,一直盯着前方看,直到后院在眼中消失。他可以清楚地看到他从小住过并在那儿长大的房子。那房子在另外一个国家。他记得那里的田野一层层地垒入山坡。在那地里,你想种什么,就种什么,诸如茶、稻子、咖啡豆。我会永远记住这些话,因为爸爸过去从没谈过这些事情。他年轻时,想做牧师,可是,到了加拿大后,就与我们的母亲相爱了。

我们那个夏天整天就在后院晒太阳。海伦会抓住轮胎秋千,猛地一撒手。我和乔安妮两人平躺在草地上,眼看着轮胎直朝我们冲来,尽可能不眨眼。轮胎从我们的身上飞过,一阵橡胶味儿过后,便又是蓝天。

那天,艾琳光着脚跑出来,我们就在后院。她穿着一条白花裙子,刚洗过澡,湿湿的头发把背后都湿透了。我和姐姐看见她来都不知所措地站起来。她一把抓住我们的手腕,把我们拉进屋,上楼到她的卧室去。我们透过窗户可以看见爸爸的车进了小路,直朝后院草坪开来。他走下车，忘了关车门。我们听见他跑上楼。"艾琳！"他叫道，"艾琳！"

她看着我们。"汤姆很快就要来。"

"艾琳！"我们的父亲用拳头使劲敲着门，"快打开这该死的门！"

她看着我们摇着头。"他不该这么早就知道。"她说。我们站在床边，身旁就是她的行李：三个塑料壳的箱子，淡绿色，排成一排。我上前拉了下艾琳的胳膊，想跟她说话。可她没朝我看，而是走上前去把门打开。爸爸一下冲进来，两个胳膊一个劲地甩着。他身穿上班的服装，上下一套西装，外加白衬衣。他气势汹汹地对艾琳说："我知道，我早就知道了！你认为我不知道？"父亲一拳打进衣橱的门，木头裂开了。然后，他转过身，一把抓住窗帘，把它从杆子上扯下来，帘子布卷作一团落在地上。我们听见汽车轮胎在石子路上开近的声音，转身向窗外看去，只见汤姆的车正停在人行道旁。爸爸一屁股瘫下来，哭着说："你知不知道我为你做了多大的忍让？你所做的一切！你所说的全部疯话！这就是我得到的报答？"

艾琳双手交叉放在胸前，眼睛盯着自己的脚。我想走到爸爸身边，可我几乎认不得他了。他的脸又红又肿，满是泪痕。我们听到前门开了，汤姆走上楼来。我们大家都听着他的脚步，等着，一会儿他就要走进来了。他的背挺得笔直，眼睛直视着艾琳，走进房间。

我以为父亲会站起来，走上前去，像刚才打衣橱门那样把汤姆的脸打裂。他会告诉艾琳不要再闹下去了。可是，父亲站起身来，满面汗水地朝我们走来。他蹲下来抚摸我们，我却向后躲，不让他碰。我姐姐海伦问："爸爸，怎么办？"

看着海伦，他的脸突然一下苍老了。"你们跟他俩走，"他答道，声音几乎让人听不见，"你们的母亲希望过那样的生活。"然后，他背对着我们，对艾琳说："你他妈的爱去哪儿去哪儿。"他看都没看汤姆一眼。

艾琳到窗口看着他跟跄地从后院楼梯下去，穿过草坪走到他的车前。她从楼上对爸爸大叫着让他滚。她走到书桌前，拿起一摞纸、旧账单和信件，一股脑地扔出窗户。纸片散落在草坪上，像下了一场雨。她不停地尖叫着要他滚，滚，即便他在倒车，她还在叫。海伦朝窗外看了一眼，说："他已经离开了。"但艾琳没听见。她从衣橱里拉出爸爸的衣服，衬衣和裤子卷在一起，朝他扔去。汤姆来了，伸出双臂来搂抱她，但她把他推开。我姐姐乔安妮跑出房间，跑下楼，跑到后院草坪上，朝着爸爸的汽车跑。可我和海伦只是站在那儿，吓得一声不响，在一旁看着。海伦转身对妈妈说："你这是干了什么事？"艾琳一屁股坐在床上，一动不动。

那天晚上，我们爬进汤姆的车。我坐在前座，夹在汤姆和艾琳中间。汤姆开出家里的车道，我回头看了眼房子，所有的灯都亮着。

后座上，两个姐姐眼睛直盯着前方，吵架和叫喊已把她们弄得筋疲力尽。她们把自己的背包紧紧地抓放在膝盖上。当汤姆转上高速公路，把我们的城市甩到一排树的后面时，乔安妮问："妈妈？"她又问，"妈妈？"

"我们这是干什么？"

"我们这是上哪儿去？"

艾琳的脸变得温和，微笑着说："别担心。"

"我是很担心。"

"别担心。我们今晚到不了那儿。"

"什么时候到呢？"

"明天晚上。"

"我们去多长时间？"

"只去几天。我发誓。只去一小会儿。我没想到我们走时会出现这样的情况。不过没关系。我不生气。"

乔安妮在后座直直地朝后靠。在她身旁，海伦伸出双臂，紧紧地抱着她。

艾琳转过身，一面从后视镜里看着她们，一面用手指漫不经心地敲打着副驾驶座旁边的窗户。

二

艾琳离开我们的父亲是因为她爱上了汤姆。她在车里向我们讲述了她怎样十九岁就和父亲结婚。他是个好人，她说。他很爱她，她也曾经爱过他。可她现在三十岁，他也三十，他们彼此都变了。她想做对我们最有利的事。"这事谁都不怪，"她说着，转身看着我，"一切都会好的。"汤姆一直朝前开。开上一条弯弯曲曲的路，他停下。艾琳把身子挤出副驾驶座的门。她弯下身子，在石子路上吐起来。

我的两个姐姐在后座动个不停。海伦有个习惯，就是要把嘴唇咬出血才行。她还爱啃自己的指甲。她总是折腾自己，不停地清去嘴边、胳膊肘和指甲沟里的碎皮。艾琳总说随她去，她再长大些就不会这样了。海伦在车里生气地啃指甲。"你这是要把我们带到哪儿去啊？"她终于问道。汤姆从后视镜里看了她一眼，可没人回答她的问题。乔安妮脸上带着严峻的表情，一个劲地盯着窗外看。我却斜躺在艾琳的腿上，一会儿睡，一会儿醒。没人说一句话。

我们到长滩时，车前仪表板上的钟显示时间为一点整。汤姆直接开上沙滩，把车停下。除了月亮和星星，我们什么也看不见。汤姆解释了月亮和地心引力的关系，以及涨潮落潮的原理。

他转身看着我们,问:"怎么一个个都愁眉苦脸的?你们等着吧。一到早上,这里会很美。"这时我已坐到后座上,和两个姐姐挤在一起。汤姆微笑着说:"啊,我知道了。我这下看出是怎么回事了。你们女孩儿是一起的,对吗?三重麻烦。"他大声笑起来。

"你能不能住口啊?"海伦说。

艾琳伸出胳膊,碰他一下说:"行了,太晚了,别开玩笑了。"

汤姆低下头,独自一人走下车去。一阵风从打开的车门涌进来。汤姆开始从后备厢里卸东西。他在黑暗中组装了一顶有金属柱子的橘黄色帐篷。艾琳从车窗那儿朝外打亮电筒,那光柱一圈圈地射在树上,射向天空。

艾琳对着车前的仪表板说:"别告诉任何人你们叫什么名字。至少现在不要说,好吗?等我们把情况弄清楚了再说。"

汤姆生了堆火。他脚步沉重地迈进夜幕,而后抱着一堆木头回来。我们在车里睡着了。艾琳把我们叫醒,半拽半抱地把我们带进帐篷,塞掖进睡袋。我们一个挨一个地睡成一排:我睡在艾琳和汤姆之间,旁边躺着海伦和乔安妮。汤姆让火继续燃烧,可海伦在黑暗里大声说:"这可是火灾苗头。还是把火灭了吧。"

"行了,别说了。"艾琳说。

汤姆翻过身去,面对帐篷的墙。我们大家都躺着不作声。

我们恨他俩恨得肚子疼。海伦在日记里写道：艾琳不是我们的亲生母亲。我们的生母在与我们的生父生活。我们是被这些恶棍绑架的。一旦时机成熟，我们姐妹就逃跑。我们几个排成一列沿着海滩走着，乔安妮跑在前面，海伦在后面边走边等着我。我们一道用手去捅海胆和海星，一路搜索着完好无缺的贝壳。海伦对我说："你知不知道我们打算干什么？"

我点点头。

"我们要离开。你知道为什么吗？"

"知道。"我太知道了。

"别担心，"海伦摇着头对我说，"我们要团结在一起。我会照顾大家。"在我们前面，乔安妮绕着圈跑，然后瘫坐在地上，像个气鼓鼓的球。我们坐在她旁边，看着潮水涌过来。

在海滩的第一个晚上，汤姆摇着头对我们说："你们一整天忙什么呢？我本来想带你们去游泳的。"他让我们看他怎样低着身子趴下来吹火，这样浓烟就会从木头里冒出来。晚饭后，艾琳在冷水龙头下给我们洗头，她的手指绕着圈按摩我们的头皮。她要我们到火边去把头发烤干，我们就跟跟跄跄地走开了。汤姆用树枝拨弄着余火。

"我们要在这里待多久？"海伦问。

汤姆耸耸肩，说："谁知道？"

"那你就不该把我们带来。"

艾琳站在我们后面,两手叉着腰。"是的,"她说,"可情况是,要么把你们都带来,要么把你们都留在家里。"汤姆看了她一眼,艾琳不好意思地避开他的目光。

我们的母亲脱去凉鞋,盘腿坐在我们旁边的地上。她朝我们伸出双臂,可我们只是看着她,站在原地不动。她一把抓住我们,让我们一起挤在她膝下。我们开始不愿意,可她的气味钻进了我们的鼻子。她的头发甩来甩去,把我们包藏在一个乌黑的洞里。我们也紧紧地抱着她,六只小手抓紧她的手腕、胳膊,抓紧她身上任何一个我们能够到的部位。"这只是临时的,"她吻着我们的头发说,"只是试试看。我们等几天就回家。"

汤姆说:"艾琳,你刚才说什么……"

"她们是我的孩子,"艾琳没好气地赶忙回答,"这些孩子是我的,知道吗?我就是想等等再看。"

汤姆朝我们靠过来,用拇指碰了碰艾琳的脸。艾琳摇摇头,紧紧地抱着我们。我真想冲到他面前,想都不想就把他推倒,用沙子填满他的嘴,塞住他的鼻子,直到他喘不过气来。我的整个身体都会生气,会像艾琳那次把电视推倒,把电视机屏幕彻底弄碎那样地生气。

汤姆把帐篷的拉链拉开，爬进去。艾琳盯着他看。风把火里冒出的烟吹到我们的周围。"在这儿等着我。"她轻轻地拉开我们的手说。而后，她跟着汤姆爬进了帐篷。

我们看着火里冒出的烟在我们的宿营地上空环绕。他俩没出声，我们也没出声。只有乔安妮时不时地用脚刮土，好让他们知道我们几个还在这儿等着。等到艾琳再次出现时，周围的树和夜已融为一体。她用一根树枝拨了拨火，使一股余火升入空中。

我们在海滩上慢慢走着。潮退了，我们好像能够不停地走下去。其他孩子用塑料铲子在玩，一桶桶地倒沙，再把海水灌进他们所建造的城堡的护城河里去。我们绕着他们转圈子，注意观察他们的衣服和玩具。我想回家，尽管生活会大致与过去一样。我们还是要看着艾琳把盘子一个个地拿起来，再把它们摔到后阳台上去。而我们的父亲在厨房的桌子旁看报。有时，艾琳大叫不止时，他就会看着她，露出一副完全不理解的表情。他不知道她怎么会一下子变脸，她为什么要把自己的胳膊抓出一条条疤痕，然后让身体顺着墙滑下去，好像她摔倒了。有一次放学回家后，我们的一个朋友看到我们家满地都是勺子、刀、瓶子，还有摔坏的碟子，她哭了。

我姐姐海伦是我们三人中最实际的。她说："我们要到十六岁时才能回家。"

乔安妮沮丧地盯着自己的脚看。那天下午，她穿着T恤和短裤躺在那儿，我们慢慢地把她埋在沙子里。

白天，我和姐姐们避免下海游泳。很多年前，我们的父亲教过我们游泳。我们在一个绿色的湖里仰面浮着，可我们的身体慢慢地失去浮力。妈妈站在膝盖深的水里观察，不停地告诉爸爸我们几个谁在下沉。然后，爸爸便会把我们举起来，好像我们毫无重量。他让我们尽可能在水面上浮着。

我们到海滩的第二个晚上，听见奇怪的动物的声音。海伦说是熊，在用爪子抓我们的帐篷。乔安妮想要叫醒艾琳，可艾琳只是转个身，在睡梦中叹了口气。我梦见汤姆坐在浴缸里，我把带电的收音机推进去。他的身体触电后拍打着浴缸。我感到非常吃惊，一声不响地看着他死去，他的胸脯变得发灰发亮，在水下慢慢地滑动。

第二天，艾琳逼着我们去野餐。他们把我们带到一个露出水面的黑黑的大岩石堆旁。在那儿，海潮撞击着岩石，形成巨大的碎浪。汤姆指着一个我们谁也看不到的地方说："那是条鲸鱼。"我们坐在附近的一张野餐桌旁，一边嚼着冷鸡肉，一边朝远处看。

汤姆问："我们是不是再往前去点儿？"他和艾琳手拉手地走上

岩石堆，然后趴下来用手和膝盖一起向前爬。他们停下来的时候，看上去很像海鸥，高高地趴在岩石上等着。

"讨厌的蠢货！"海伦说，她的眉毛紧拧着。

在我们身后，乔安妮在野餐桌旁一声不响地走来走去。她在一件件地拿东西——玻璃碗里装着的土豆沙拉、二升瓶装的橘子汽水、艾琳的墨镜。

"你是不是想逃走？"海伦问道。

乔安妮没理她。她爬上一摊小小的浅水池旁边的岩石堆。她转过身，背对着我们，手里拿着艾琳刚才买菜时新买的玻璃碗。那碗在空中发亮。乔安妮转过身来，看着我们，把手松开。碗掉下来，重重地撞在岩石上裂了。然后，她又松开饮料瓶。瓶子直挺挺地掉下来，一路弹跳着落下去。最后松手的是艾琳的墨镜。

我一转身，看见汤姆正向野餐桌跑来。

乔安妮挥舞着她两只空空的手。"再见，"她说，"再见。"

汤姆张着嘴，站在那儿。"你疯了？看在上帝的分上，"他一边说，一边摇头，"看在他妈的上帝的分上。"他拣起剩下的东西，快步越过我们身边，朝碎石铺成的停车场走去。

"看在他妈的上帝的分上。"乔安妮说。

艾琳只是站在那儿，镇静地看着我们。她的皮肤上有几滴水，太阳照上去，闪闪发亮。她开始朝我们走来，可我们用眼睛与她对垒。她停下不走了,用脚在土里擦了擦,画了一条杠。她低声说:"你们现在不会相信我说的话,不过不相信也罢。我知道你们认为我说的话不会是真的。你们认为事到如今没什么会比现在更糟的了。可是,相信我,还会有很多事情比这还糟。"

她用胳膊搂着我们的肩膀,带着我们一道走回汽车。

走下岩石,走上碎石路,我尽量不去听任何声响,既不听汤姆或艾琳或我姐姐的鞋子在岩石上走路的声音,也不听海上的风声或是开始下雨的声音。我们回到车里,汤姆猛地一下踩上油门,开出停车场。

车上了高速公路以后,我们开得又快又顺。汤姆说:"我是这么想的。我认为我们应该明天离开。你认为他不会跟着我们,是不是?你自己这么说的,他根本不把你当回事。四天时间够长的了。如果他对你们不在乎,我们就一起走吧。"

好像车身歪向了一边,我们的身体挤在一起,一个个擦在一起。艾琳的声音小得几乎让人听不见。"是的,"她点着头说,"我们明天就离开吧。"

乔安妮在后座哭起来。"你们怎么知道?"她问,"你们怎么知道他对我们不在乎?"

海伦把手放在乔安妮的头上,来回抚摸着她的头说:"妈妈留了张条子。我看见的。如果他想来,他是会来的。"

汤姆侧过头来看了眼艾琳,又回过头去看路。

"你们必须告诉我们这是上哪儿去,"海伦说,"让我们蒙在鼓里是不公平的。"

"我们去我姐姐家,"汤姆说,"她有个避暑山庄,在海边,就跟这儿一样。"

艾琳的声音几乎听不见。她说:"我和汤姆会把一切都安排好的。天气暖和时,你们可以在海里游泳。我打算找份工作,可能在店里工作。你们会认识很多新朋友的。"

"我们已经有朋友了。"海伦说。

"有许多新的孩子,"艾琳微笑着,坚持刚才的说法,"你们会结识新朋友。"

乔安妮摇着头说:"我们不想要新朋友,也不想要新学校。你们说过我们要回去的。你们保证过。你们说过我们在这儿待几天就回家。"

汤姆插进来说:"好了,别说了,这事对谁都不容易。"

"我不知道。"艾琳说。

"你怎么能不守诺言呢?"

"别这样对我说话。"

"你骗我们。你说过我们要回家的。"

"我没那样说。我只说可能。'可能'和'要'的意思是不一样的。不管怎么说，现在再回去已经太晚了。"

"为什么太晚了？"

"因为我已做出决定，行了吗？"

"你从来没问过我们，"乔安妮说，"也许我们会想跟爸爸住，也许我们不会想你。你知道吗？我想爸爸，也许我们不会想你。"

艾琳一动没动。"对不起，"她说，"这事本来不应该这样发生的。"

她朝汤姆身上靠去，半转过身，脸贴着他的胳膊。我们等着她大发脾气，用拳头去敲车窗，或是摔什么东西，把磁带扔在地上。可是，她保持着这样的姿势，什么也没干，汤姆不停地拍她的肩膀。我和两个姐姐一动也不敢动，好像我们不动就可以改变现实似的。

车的时速开到八十、九十、一百二十英里，汤姆侧头看了看艾琳。他一点也不像我们的父亲。汤姆的脸英俊、强健，头发淡黄色，一撮撮地卷曲着。我们父亲的脸黑而悲伤。他会用布雷尔牌头油把头发梳得发亮。他身上带着桉树和做饭的气味，让人感到温暖。可他和汤姆都带着同样的表情看艾琳——悲伤、爱慕和奇怪的专注混杂在一起。

在海滩上度过的最后一夜，我们听着他俩的呼吸。他们呼吸很重，像是他们的身体正被掏空。我们注意听着，等着野生动物到来的声音，等着熊来把树踩倒。熊也能听见他俩的呼吸声，我们想，熊会被呼吸声吸引到我们这儿来的。

他们说梦话的声音很大，嘟囔着词语，像是他们在耳语什么秘密。她说"汤姆"，他就一下子醒来，用一只胳膊搂着她。

乔安妮抱怨胃疼。她用手指按着胃，大声询问她是不是患了癌症，会不会慢慢地在人烟稀少的森林里死去。我们听到其他宿营的人走过，看见他们电筒的光像手指一样插进帐篷，在我们的帐篷壁上滑来滑去，并听见他们的脚在碎石路上重重的走路声。我躺在那儿，用自己的前额贴着海伦的脖子。她时不时地会把胳膊弯过来，放在我的肩膀上，似乎是在安慰我。

艾琳和汤姆仍在睡。就连大海的声音响得像是要向我们冲来，整个大地像个破碗似的要被淹没时，他们还在睡觉，他们的呼吸声很重。我们多次步入又迈出梦乡，最后他俩在我们起床几小时后才醒来。汤姆顺利地把金属杆子穿过环扣，帐篷就塌了下来，橘黄色的帐篷布像降落伞一样朝我们飘浮过来。

三

第四天晚上我们到了北本德。我们一个个地爬出汤姆的车。我记得艾琳站在汽车旅馆的停车场守着我们。汤姆一人去旅馆前台办手续拿钥匙。风像扇子一样把艾琳的头发吹到她的脸旁。她看看我们，看看自己的鞋子，然后再看看我们。我站在旅馆的灯光下，感到周围的一切都不是真的。就是到了那个时候，我还认为艾琳会改变主意。她会把我们带回家，所有这一切会就此结束。

他俩站在旅馆房间里，外衣还没脱，艾琳就来了次精神崩溃。汤姆正在检查一个个房间的电灯开关。"我该怎么办？"她忽然说道，因为绝望她提高了嗓音，"我这都干了些什么？"

汤姆的声音听不清楚，融为了背景声音。艾琳大声喊叫着说他欺骗了她。他施了计谋让她跟他到这儿来。

"艾琳，"他说，"艾琳。"

我和两个姐姐悄悄地溜出旅馆房间，来到铺了水泥的停车场。我们站在汤姆的车旁。说实在的，我不能说我们当时生艾琳的气。其实，她再怎么闹也不会让我们吃惊了。我们从站着的地方可以看到海洋。如果我们向下看，就能看到海洋与天空相交之处是条很细的白线。空气闻起来又咸又冷。我们的妈妈终于出来了。"我们要回家了，"她说，"明天一早，我们就打包回家。"她说这话时，眼睛并没看着我们，倒像是对着停车场对面的电灯，或是对着其他房间里的人在说话。我们根本没回答她。海伦走过去，用手搂住妈妈的腰。海伦的头顶刚到艾琳的胳膊肘。我和乔安妮用我们的球鞋去踢碎石，使得小碎石噼里啪啦地打到车身后，再掉下来。我们听到远处的烧水壶发出尖利的响声，回头一看，汤姆站在那儿。室外的灯光照在他的脸上，把萤火虫吸引到他的头顶上方。

第二天早晨我们醒来，看到汤姆和艾琳七仰八叉地躺在旅馆的沙发上，他们的胳膊和腿交缠在一起，艾琳的头发散落在汤姆的手上。

这是我对父亲最生动的记忆：他靠在阳台上，白衬衣在太阳光的照射下白得发亮。不知怎么的，看见他站在那儿，背后是安静的邻里，我就想跟他说些悄悄话。父亲把手放在我的肩膀上。我举起我们埋在土里的羽毛球，说："你猜这个羽毛球是谁给我的？"

爸爸挑起双眉。

"是汤姆给我的。"

"哪个汤姆啊？"他掏出手绢，叠了一下，又叠一下。

"就是体育娱乐部的汤姆啊。"我说。我解释说汤姆总来找妈妈，还给我们带礼物——羽毛球拍和球。他和艾琳下午坐在这儿，喝饮料，闲聊。但是，就凭她一下午笑个不停这一点，我保证她喜欢他。

"是这么回事吗？"父亲问道。过了一会儿，他又问："你觉得汤姆这个人怎么样？"

我耸耸肩说："他挺好的。"

然后我们就静静地站着，欣赏我们的后院。父亲说他一直就不喜欢篱笆。我们的篱笆是用水泥坯一层层堆起来的，但他喜欢要扇木头门。说完他就转身，走进屋里去了。我站在那儿，看着后院。我的姐姐们正在轮胎秋千上玩。她俩面对面地坐着，两人的胳膊和腿都缠在一起，像蜘蛛一样。她们荡来荡去，然后抬头看着我，好像她们知道我刚才说的话。但是，她们还是荡来荡去，黄色的绳子向外拉，她俩拥抱在一起。我独自一人站着，突然因为自己刚才说的话而感到后怕。

第二天下午爸爸回来，艾琳逼着我们上楼。当时我就应该坦白我所犯的错误，可我什么也没说。艾琳开始打包。她把热狗从冰冻箱里拿出来，和我们的T恤衫、毛衣放在一起。后来，汤姆不得不重新打包。我和姐姐们只是坐在那儿，一声不响地点头或摇头。我们不想多带一件毛衣，但想带蜡笔。汤姆给我们梳头，给我们吃用烤奶酪做的三明治时，我呆呆地盯着他看。我当时想，我父亲不久就会回来，我们就走不成了。汤姆把箱子关上时，我开始哭了。"我不是那个意思，"我一边用拳头打汤姆的胸口，一边对他说，"我说了对不起。我不是那个意思。"他把我抱起来。我用脚踢他，可毫无用处。艾琳一个盒子接着一个盒子地往外搬，不停地把东西往车里运。汤姆抱住我不放。尽管我当时的姿势很不舒服，我的手和脚还是不停地在踢动。我哭得很厉害，把汤姆的衬衣都哭湿了。因为不想让别人听见，他对着我的耳朵说："对不起，我也觉得对不起。对不起。"最后我不再吵闹了。

在车里，汤姆带着我跟他一道坐在前面。每当车开到交叉路口时，他都会转过头来看看我，可一句话也不说。他会把手放在我的膝盖上，这样在车再次开动之前，他可以给我片刻的安慰。

最后，我的两个姐姐一有事还是找汤姆，而不是找艾琳。她们与他谈自己的男朋友、学校的其他女生，还告诉他她们有时夜里偷偷逃出家，睡在海滩上。我认为她们可以感受到汤姆的同情心。她们看到艾琳情绪崩溃时，他一直安慰她，直到她恢复正常。

我们的父亲从来没对艾琳这么耐心。即便如此，我还是非常想爸爸。我会想方设法地要艾琳谈谈父亲，但她总是摇着头说："你干吗老是问这些事情？"有一次，她问我是不是在逼她发疯，还有一次她问我是不是还没饶恕她。

"事情就是这样发展的，"她说，"去想象另一种结局没有好处。"

我从七岁起就写信给我父亲。虽然他很少给我回信，可他的信里充满了对我的关心，尽管有点拘谨。我在给他写了几年信之后，发现在写了前面几句以后很难继续往下写。亲爱的爸爸，我会这样写，我希望你一切安好。我会写关于北本德的事，或回答他关于学校的问题。亲爱的爸爸，我有一次写道，我对发生的一切感到很抱歉，可这封信我从来没寄出。这就像是在梦中向人忏悔。父亲只是很笼统地谈他自己的生活，可他也从没要求我多谈我的事。我确实不能责怪他。他可能还把我当成六岁的孩子；他记忆中的我也只是如此。

不久以前，我对艾琳说："你知不知道是我告诉爸爸的？是我泄露了秘密。"

"如果不是你，就会是她俩中间的一个，"她耸耸肩说，"无论如何，那件事已经过去了。我对过去不感到遗憾。"

我蛮应该问问艾琳为什么其他人都可以忘记过去，继续向前，而我却做不到。我常常在想，我父母两人，到底是谁离开了谁。说到底，艾琳离开那个家时可没遇上任何阻力。

时间长了，很容易喜欢上北本德。第一年，我们在大街上度过了无数个下午，观看来旅游的人。游客一大群一大群地来，手里拿着蛋卷冰淇淋和照相机。他们在旅游问询处外面的"世界上最大的炒菜锅"（北本德的主要景点）牌子旁边拍照。那口炒菜锅高六十英尺，笔直地耸立在那儿，木制的把手朝天指去。汤姆告诉我们那口锅是一九一九年赠送给北本德的，以表彰第一次世界大战留在后方的妇女们。

艾琳笑着点点头。"这锅真大,"她说着,眼睛向上注视着那用刀刻出来的木把手,"好一口大锅!"

冬天到了,游客不见了,半数以上的商店也因为旺季已过而关门。一天下午,汤姆把我和两个姐姐带到大锅那儿,让我们坐在锅的边上。冷风把我们的头发吹得乱七八糟,汤姆给我们照了张相。照片里我们三人抱在一起,对着寒冷大笑。然后,我们沿着海滨出发。汤姆闭上眼睛,在沙滩上走着。他让一阵风吹着他向前。他的脚在泡沫和水里蹒跚前行。我们大笑起来,也伸出双臂,身体摇来摆去像是头脑发昏的鸟,风把我们刮倒。汤姆假装失去平衡,侧身倒在地上,冰冷的潮水将他淹没。他坐起来。我们站在他身上,假装要踩他时,他一边笑,一边向外吐水。

"行了,别闹了,"艾琳说,"你这下感冒了可是很要命的。"

我们假装踢汤姆的肚子。"行了,别闹了!"他大声吼叫着跳起来,把头上的水和泡沫甩掉。他来追我们时,我和两个姐姐在海滩上分头跑开,艾琳的声音融为背景,几乎让人听不见。"不能这样!停下来,我的上帝啊。小心点!"

当天下午,汤姆给我们照近照。他把相机的镜头放在离我们的脸只有几英寸的地方,我们的头发从前面看乱成一团。几天以后,他把我们和艾琳的一张合影挂在墙上。我和姐姐们都变成了大胆的海上动物,背景是云海和天空。"你呢?你在哪儿?"海伦在我们大家都在赞赏那照片时问道,"怎么不挂上一张你的照片?"

"我?"他笑着说,"我不过是个照相的,仅此而已。"

艾琳直盯着那张照片看,脸上的表情忽然变得悲伤。她看看汤姆,又看看我们,像是在从远处观察。然后,她转身离开了房间。汤姆跟上去(我们的父亲可从来没这样做过),一直跟她走下前面的台阶,走上街。我们从房子里面可看见他俩站在一起,头碰着头,停了一会儿,就又开始朝家走来。

乔安妮十七岁那年的一天晚上,醉醺醺地回到家,感到不舒服。她整夜与汤姆坐在房前的台阶上。她哭着说,她的男朋友和一个叫埃尔莎的女人睡觉,已经好几个月了。乔安妮气得跺着脚在台阶上走上走下,然后一屁股坐在最下面的一级台阶上。"反正我已经不喜欢他了,"她哭泣着说,"可我为什么还这么生气呢?"

我和艾琳坐在厨房的桌子边上偷听。汤姆没说一句话。

乔安妮告诉汤姆她很厌烦北本德,厌烦住在水边,厌烦冬天发大水。听着她说这些,我想到有些老头从他们轻型卡车的后面伸出钓鱼竿,从高速公路上钓鱼的情景。我想到我和乔安妮曾开车路过那儿,观看他们那样钓鱼。乔安妮告诉汤姆她不知道下一步该怎么办,一会儿想离家出走,一会儿想淹死自己。可打死她也不能再回学校了。

"那么,你干吗不离家出走?"

她又开始哭了。"你为什么想要赶我走?"

汤姆的声音听上去很疲倦。"不是我不爱你。我就是不想让你淹死。仅此而已。"他马上给了她五百元钱。艾琳没干涉这事。她坐在厨房的桌子旁,让汤姆去做他认为正确的事。第二天早上,乔安妮把自己的东西打包离开了。她乘坐大巴离开俄勒冈,北去了。我姐姐海伦不久之后也搬走了。她认识了一个温哥华来的生物技术员,与他结了婚。我们在家里为她开了个大型庆祝会,然后,他们就开车去加拿大了。

这些日子,我们这里来了很多旅游的人,他们从很远的地方来。旺季里,每个星期六都会有来自各个州的客人,其中包括阿拉斯加、新泽西,还有来自加拿大各地的游客。

我负责于九点半、十二点一刻和下午三点这三个时间带游客步行参观我们的城市。我们从市政厅开始,然后沿着大街向东走,走过船只残骸、鲸鱼的尾巴和马戏世界。马戏世界里充满了自然的和非自然的制品,诸如用鱼做的盘子、玻璃浮标、骨头化石。马戏世界里有一个半羊半人的男孩的骨骼装在玻璃盒子里。你可用一元钱买一张这男孩的照片。因为邮资已付,你还可把照片寄到美国境内的任何地方。参观的最后一个景点是大炒菜锅。

可谁也不知道这炒菜锅的来历。我先把我爸爸的解释告诉大家,也就是这锅是表彰留在后方的妇女们的战争纪念碑。然后,我又用我妈妈的说法来解说,即这大锅只是一口具有纪念意义的炒菜锅。我们可称它为北本德的埃菲尔铁塔,它的木制把手几英里外就能看见。

日本来的游客用双手捂着嘴咯咯地笑。但是,穿着夏威夷衫、戴着棒球帽的来自东海岸的大块头男游客们告诉我:"什么东西你都不能说太大。你知道我们那儿有摩天大楼。摩天大楼,高得让人无法相信。"说完,他们仰起头来向上看,集中精力看天空。

汤姆和艾琳在北本德开了家体育用品商店,专卖诸如海底潜水用的水下呼吸装备、橡皮鸭蹼以及冲浪板一类的商品。早上,汤姆到离海远一些的内陆去散步,只是为了享受转过身来再下坡走向大海的感觉。艾琳站在房前的台阶上张望着他。她心里总是放不下他。我有时就站在她身边,可她一点也感觉不到。

我已经三十岁了。我不知道我会不会离开这里。当然,我应该离开,出去见见世面。可我还是会想回到这儿来。有些变化发生得很慢,只有在变化发生之后你才能感觉到。比如说,我的父母慢慢地老了,海滩慢慢地被水冲得越来越往岸上退。可能到我六十岁时,这座城市会整个向后退。我们所有住在这儿的人也要向后爬。看着变化发生,等着变化发生,可到头来变化真的突然发生了,我们却感到吃惊。无缘无故地，一切就都变了样。我们家的房子位于海边的高坡上，我、艾琳和汤姆坐在厨房里看书、看杂志。我们从早到晚都可以听见水声、风声，听见水声和风声交织的声音。晚上，我可以隔墙听见他俩的声音。就这样，过去终于找到了它在生活中的适当位置。过去不是现在的一切，它占的位置并不大，但它仍是我们现在生活中的一部分。

我和波拉

在我的记忆中,我当时跟着波拉走到那行货架的顶端,走过护发品、洗发香波、彩灯,穿过空荡荡的购物大厅和停车场,夜色中走过有大人小孩乞讨的格兰维尔街,乘上灯火通明的公共汽车,开过一条安静的街道,来到她家。到了她家,她把门关上,对着我微笑。我站在外面的草坪上。从这儿我可以看到一切:后院的棚子、放着兔子笼的阳台,她房间的窗户开着,蓝色的窗帘被风吹着,正在飘舞。她在失踪前曾说过:"兔子跑了。"我知道那是她发给我的神迹,意思是:向前走吧。她在告诉我,现在我全靠自己了。所以,我离开了她。

我记得最后那一夜。在那之前,我很想得到来自波拉的神迹。不是每个人都相信有神迹的。可是,你越需要神迹,就越能看到神迹,也就越相信。我今天发现一根白头发,把它拔出来。我认为那就是神迹,因为十六岁毕竟还年轻。

在学校,我们最近一直在学有关时间的知识。我们学到人类几乎没能对时间产生任何影响。如果地球的历史是依据固定的一年制定的，我们只会在十二月三十一日下午四点十一分出现。我会告诉波拉这一点，我们会在深夜琢磨这个问题。我们会大笑起来说，在地球的历史上，我和她、她父亲和母亲、乔纳都算不了什么。他们会离开我们，而不使我们受任何创伤。我们可以把他们从我们身上吹走。我们可以自信地说，从长远来看，他们在大千世界里贱如尘土。"比尘土还贱。"波拉会说。我也会说："比尘土还贱得多。"

波拉的妈妈在市中心的温哥华酒店工作。她是客房清洁工，身上带有刚洗过的床单的气味，外加淡淡的汗味。她总是先回家，把外衣整齐地挂在衣帽间，打开衬衣的上面三个扣子，便开始做饭。波拉的父亲说话粗暴，但挺关心人的。他靠修理汽车谋生。回到家里，他的指甲缝里总是沾满了油泥，他的皮肤散发出机油的气味。

我喜欢波拉的家，却不怎么喜欢自己的家。所以我晚上常常在她家过夜。波拉的父亲有一次在吃晚饭时问我："米里亚姆，你知道多养一个人要多花多少钱吗？叫你父母把钱付清。"

波拉的妈妈嘴里发出"嘶——嘘"的声音。波拉一动不动地盯着自己的盘子看。她爸爸摇摇头，显然不是很高兴。他拿起刀叉说："嗨，上帝啊，不过是个玩笑嘛。行了吧？我在自己家里开个玩笑还不行吗？只要是波拉的朋友，我们都欢迎。"我们四个人一声不吭地吃着饭。波拉的妈妈拿来饮料,给我和波拉可乐,给波拉的爸爸莫尔森牌啤酒,自己喝水。她端上来甜点——波士顿奶油派,那天酒店厨房里剩下的。

后来,我在盥洗室里看见波拉把晚饭吐掉。她的头发染成了淡黄色,粘在她的脸上。她漱完口说:"我只吐掉晚饭。要是吃什么吐什么才是患了饮食紊乱症。"波拉告诉我共有四种体型:X型、A型、Y型和O型。"你是X型体型,"她说,"腰部细,胸部和臀部比例均匀。"然后她侧过身来问我:"你说我是哪种体型?"

"X型。"

"错了,"她得意地笑着说,"猜得好,不过没猜对。我是A型体型,屁股大。"她抓住我的手腕,用手指进行测量。她的拇指和食指碰在一起了。她说:"你很幸运。每个人都想拥有X型的体型。"

我们很晚才睡。睡前一直在谈乔纳,我们说学校的走廊空荡荡的,因为高年级的男生出去打篮球了。我们还谈到我们的数学老师背上长毛,如果你站在他后面,就可以看见汗毛伸到领子外面来,还有他毛茸茸的手指。我和波拉把脸埋在枕头里面,大笑起来。一阵微风吹来,把她的窗帘吹进房间。一辆车从窗口驶过,车灯光在她的墙上滑过,扫过我们的床后,便消失了。她说:"搬过来住。干吗不搬进我们家那间多余的卧室?如果你那么恨你家里的人,还是搬过来的好。你说呢?"

"我不恨他们。"

"行了,随你怎么说。不管怎样,你很少回家。"

"我问问看。"我说,不过,我知道我不会问的。在我家,我们很少说话。我父母的婚姻早就名存实亡。他们忙着工作,为生计操劳,并不注意我在不在家。

"那样我们就可以做姐妹了,"波拉躺在枕头上说,"我们会分享所有的东西。"

波拉想当兽医。这就是说,我俩在天黑之后会溜出她家的屋子,偷偷跑到后院去。她妈妈在那儿的笼子里养着兔子。每个星期总有一天,她妈妈会在晚饭前从笼子里拽出一两只兔子。她把兔子的脖子拧断,剥去皮,然后在厨房的水池里把血放掉。她做炖兔子,用小火把兔肉炖烂。然后,整个房子,甚至在街上都可以闻到土豆、胡萝卜和兔肉炖在一起的香味。

我们第一次偷跑到外面时,波拉把兔笼门上的门扣打开,把头伸进笼子里。"你们自由了,"她小声说,"自由了。要不,你们就要变成炖兔肉了。"兔子跑出来,站在长长的草里,鼻子不停地抽动着。我们躺下,它们害羞地爬到我们身上,爬上我们的头。"它们喜欢我们的头发,"波拉告诉我,"它们在头发里感到安全。"她的手和膝盖着地,趴在那儿逗引兔子爬到后院的另一边,想让它们走到篱笆旁边去。但是,那些兔子很紧张。它们只敢慢慢地向前走几步,就被树上的鸟儿或是骑士街上的摩托车之类的动静吓住,赶紧逃回笼子里去了。

"怎么办呢?"波拉问,"这些兔子毕竟不是野生的。"

我们待在后院的草地上听着来往车辆的声音。忽然,厨房的灯亮了,我们吓得一动不动。波拉的爸爸站在窗口,手里拿着一杯水。他喝水喝得非常慢,眼睛一直透过玻璃盯着我们看。可我俩笃信黑暗,祈祷没人能看见我们。厨房的灯关上以后,我们才敢呼吸,才开始感到风里的寒意,返"死"回生。

我在波拉家过夜时,醒来总是发现我的脸在她的头发里。她的头发负荷着静电,从她身上蹦走。她头发上的气味——苹果、洗碗用的皂液和汗混杂在一起——总是把我弄醒。我不知道每天夜里醒来时都躺在同一个人身边,那个人的头发盖着你的脸,两人的腿在毯子下交叉在一起会是什么滋味。我不知道那种气味和感觉是否会让你感到厌烦,就像我的父母对彼此感到厌烦一样。他们睡在两个房间,妈妈睡在沙发上,爸爸睡在卧室里。有时他们坐在同一个房间,不过互相之间不答不理。他们对这样的生活方式习以为常,已经把对有些事情视而不见变成一种艺术。

有一次，我和波拉都在床上躺着时，她问我："你还是处女吗？"

"当然是。"我说，脑子里在想着乔纳。我盯着她放在毯子上的手指看，她的手指张开着，但一动不动。"难道你不是？"

她举起自己的手，把双手像行星、星座或是我们从没在近处看过的东西那样放在我们的头上。"我不知道。"她说。

我们一声不响地盖着毯子躺在那儿。我们躺了很久。在此期间，我想到应该再说些什么，但什么也没说。我可以听见她的呼吸声渐渐加重。她睡着前，转过身来拉着我。她拉住我的那个样子很让人伤心，我很可怜她，也就挨着她。我看得出有些事情她难以启齿。

在学校，我们正在学有关物种的知识。我们必须想象几十亿年前，不同的物种像气泡一样从海底上升到海面。从那个时候到现在已过去这么长时间了。可是，我难以想象十年、十五年、二十年会有多长。我所经历的十六年漫长得像是没边，但我知道我不会永远像现在这样。在我的一生中，所有这些年，我这个物种忽而上升，忽而下沉。总有一天我醒来时，一切都会消失。

起初，我和波拉谈到乔纳时，我们是合谋者。我们一道制定了一套行动方案。她要保证我在自助食堂排队时站在乔纳后面，在法语课上坐在他前面。我们每天都要路过他在学校的储藏柜三次。她计划好我们每天的生活，然后她会在走廊里用一只手激动地抓住我的胳膊肘，悄悄地告诉我。乔纳会慢慢地信任我，向我倾诉他从来没有告诉过任何人的秘密。他可能会在很久的未来吻我。

有一天，乔纳出现在我的储藏柜前说："米里亚姆，我开车送你回家。"他把车开到我父母的公寓外，就在他们的窗下。他把车子挂空挡，身子靠过来，用手从我的下巴摸到我的肚子。我也把身子向他靠去。他亲了我。我感到像是有人把我推到游泳池底，整个视野变得失真了，虽然焦距不对，但是一切像玻璃一样清晰。我感到自己度过了很多年，浮上来时突然变了个人。

有一次，我在体育课上看见乔纳在绕着操场跑道跑步。他跑在后面，其他男孩都遥遥领先。可是，他不放弃，一只手抓住胸口，向前跑去。他从我身边跑过时，呼吸很吃力，但他还是从手心给我送来个飞吻。我在法语课上坐在他前面。有时他小声地向我借东西，诸如橡皮和笔之类的。我转身把这些东西递给他时，看都不看他一眼。可我真的想看他一眼。他一头黑发，眼睛又圆又黑，很是可爱。他的身子挺软的，并没因体育运动而变得硬邦邦地动不了。他的身子就是正常的身体，宽宽的，让人感到舒服。

听我说完这些，波拉假笑着说："这并不是爱一个人的理由。"

"可对我来说，这就是爱的理由。"

她把头低下来。因为乔纳现在已迈进我的生活，波拉不再认为他是好人了。"可别说我没警告过你。你并不知道你自己在惹什么麻烦。"

"那你告诉我啊。"

她看着我，脸上没有一点表情，然后转身离开了。我没有跟上去。

后来，我和乔纳在卧室里睡在一起时，我想象着从天花板上往下看我们的情景。我想我们的身子一定很黑，而且赤裸裸的，我俩一定显得很小。就在那时，我想告诉波拉，有些事情你必须自己经历一下才行。人与人之间的关系，有的能经得起生活的考验；有的只是暂时的，不过是过渡，然后，这种关系就让位了。

但是，我从来没能跟波拉说那些话，因为她对我说过："别跟我说关于乔纳的事。我不想知道。"

"那我就什么也不告诉你了。"

"我以为你是要搬到这儿来的。我以为你在家不开心，你想跟我住。"她躺下来，睡到床上，淡黄的头发散开来，形成一个圆圈。我们在这之前学过圣女贞德。我当时就想象着把一根火柴放在波拉的头发旁，她的头发很干，一下就点着了，燃烧起来像个火球。"别再骗我了，"她说，"你就告诉我你搬不搬过来住。"

"我有自己的家，波拉。"

她的某个部分像是要崩溃了。她说:"但是,我需要你在这儿。"

"为什么?"我很气愤地问。

她转身不再看我,说:"那你就回家吧。我不想再见到你了。"

我当时想告诉波拉我和乔纳之间发生的事,事情是怎样一步步发展的。我想告诉她,像乔纳这样的男孩子是怎样让你感到你需要他的。他身上有种特殊的东西,像是一个弯曲的把手,很容易抓住,也很容易看见。他的一个微笑就会点燃你身上的某种情感,感染你的心,让你想接受你所渴望却从未开口要过的东西。他可以改变你用脑子组词、造句以及想象词句的方式。他有颗让你感到可以帮你解渴的心。我听人说过这种情况很普遍,有很多这样的男孩,也有这样的女孩。他们的脸上带有许诺。可是,你怎么能让人许诺你永远不能没有的东西?

有一次,我和乔纳做爱后,他说:"你真的很喜欢这样,是不是?你这么喜欢,真让我害怕。"他很有把握地对我微笑着,我点了点头。我从来不知道该说什么。

我在波拉家过夜的次数越来越少了。在学校,她会把我堵在厕所里,要我到她家去。我却从不跟她说死。我在等着乔纳来找我,让我很快地钻进他的车,然后原谅我。好像我总是在做错事——我把他抱得太紧，或是我告诉他我爱上他了。结果总是事与愿违。我说那些话时，让人听起来更像恳求。

"再看吧。"我告诉波拉。

她点点头，她的头发已染成不同的颜色。她告诉我，她头发新染的颜色名称是科莱罗尔牌的"星灰色"。她的体重也有所下降，使得她的脸看上去又瘦又怪。

我后来的确去了波拉家。那天晚上，我们睡在外面，睡在后阳台上。城市的灯光使星星变得黯然失色。她说："我一直在想离家出走。"她闭着眼睛，似乎说话这会儿就在想象着自己在一个更靠内陆的新地方，一个与我们现在的城市相同但比它更好的新城市。

后半夜，她站起来，慢慢地走下后面的台阶。回来时，她手里拿着装着兔子的笼子。我们躺在阳台上看着那些兔子。然后，波拉打开了笼子的门扣。她把手伸进笼子，把五只兔子一只一只地拎出来。它们哆嗦着站在阳台上。"走吧，"她的手朝台阶挥动着，"这可能是你们最后一次机会了。"它们一动不动地站在原地，来往车辆的声响，外加空中的半个月亮吓得它们不敢动。波拉趴下去，轻轻地朝每只兔子吹气。它们朝前挪了挪。"再向前走啊。"兔子们又停下来。

她把靠她最近的那只兔子抱起来。然后她站起来，走到阳台的另一边。兔子蜷作一团畏缩在她胸口。她走到阳台的栏杆那儿，停下来，把双臂向前伸，把兔子抱在胸前。绳子上挂着洗干净的衣服，衬衣用衣服夹子夹着，看上去像剪纸似的。她父母卧室的灯亮了。波拉放开双臂，我看见兔子慢慢地滑下去了。

骑士街上来往的车辆十分繁忙。波拉跑下后面的台阶。我听到她声调平淡地说了声："天啊，糟了。"我没看怎么回事，但是，我把另外四只兔子收拢起来，放回笼子里。波拉在水泥走道上铺了一张报纸，盖住她扔下的那只兔子。她抬头看着我说："我手没抓稳。"

我说："没事，反正还有好几只呢。"

那天夜里，睡着睡着，我听见一男一女说话的声音。他们在耳语，那男的对那女的不耐烦。我想我感觉到波拉起身离开我走了。可是，我夜里醒来时感到很困惑，因为只有我们两人在她的卧室里。波拉一只胳膊搂着我的腰，她的脸朝下，紧贴着我的胳膊。

乔纳每星期来我家两次，我帮他做科学课的作业。我们一起背地质时代纪年表。我们把纪年顺序像密码一样来回换。"三叠纪、侏罗纪、白垩纪、第三纪、第四纪。"他咯咯地笑着说，我也跟着笑起来。

我们把腿吊在窗户外面坐着。我又说："我爱你。"他看着我，一脸困惑。"你怎么知道?"他问。

"我就是知道。"

他说:"你疯了。"

他压在我身上时,我向上看着他,有意让自己去感到欢乐、兴奋。可是,我的感觉像是在世界的另一端。他和我的眼睛对视了一会儿,我看见有种表情在他脸上一掠而过。事后,我设法确定我刚才看到的表情。怜悯——与其说是爱,也许我看到的更像是怜悯。

乔纳离开后,我走去波拉家。我站在骑士街的路边镶边石上。我妈妈说那是这个城市里最危险的街,因为那条街上有那么多半挂式卡车、四轮驱动车,还有飞速的旱冰滑板。我想走到街上去,但是不敢。我站在人行道上,身边开过的车辆把我的头发从脸上吹开,这让我感受到飞行时所有的刺激。

波拉的家拐了弯就是。我走过她家前面的草坪,然后敲她家的窗户。她开门看见是我,一点也不吃惊。她倒了两杯白兰地,我们一起看了《面具》。这部电影是雪儿和一个患了象面人症的男孩演的。太阳从电视机后面的窗户里下山了;它照在窗户的玻璃上,使整个房间沐浴在阳光之中。雪儿在电影中为她的儿子而斗争,因为她爱他爱得太深了,致使她为他心碎。波拉一次又一次地把我们的酒杯倒满。酒瓶在房间里像枚硬币一样闪光。

波拉转身与我面对面地说:"我已把另一间卧室收拾好了。"

我可以感到白兰地顺着我的嗓子流下，停留在我的心里，像是我有第二颗心似的往我体内加热。我说："我告诉过你，波拉，我有自己的家。"

她看上去很吃惊，然后点点头说："我们是最要好的朋友。即便最要好的朋友之间也不能无话不说。"

波拉又倒了一杯酒，满怀心事地看着我。然后她透过窗户，指着后院的棚子说："你看到那个棚子吗？我过去与我爸爸在那儿修汽车。我总是躺在一辆小平车上，他把我推到汽车底板下。那儿又黑，又寂寞。然后，有一天我不再去那儿了。我妈妈对我说：'你这是怎么了？别这么懒。你父亲需要你的帮助。'我告诉她，我不想再去那个棚子。我不想和他待在那儿。我长大了，不能再去那儿了。"

我一面摇头，一面低头看着地毯。酒精慢慢在我体内消失。"波拉，"我说，"别说了。"

"我妈妈告诉我：'一个家庭就是这样分裂的。'我不想相信她的话，可我还是信了。所以，我不由自主地一再回到那个棚子里去。我想可能是我有毛病。有时我走进棚子里，自己滚到汽车下面，然后自己假装被车撞了，躺在路上，差点死掉。这是为了预防万一，这样我就可以事先知道死是什么滋味了。"

我知道下面会发生什么事，我不想再听下去。我摇头不让她再说下去。

"听我说。不管你和谁性交,或怎样性交,都是一回事,都会让你感到疼。你为什么不想留在这儿?如果你留在我家,这事就不会发生了。"

我朝她的嘴横过来打了一下,想叫她不要再说下去。我这一下打得不重,手掌平着打,打出的声音却很大。她的嘴惊讶地张着。

她摇着头,变得歇斯底里:"我不是在说谎。"

"你不该让他对你做那事,"说这话时,我实在不能看着她,"你为什么让他干那事?"然后我站起来,僵硬地走出客厅,沿着走廊走到前门。波拉的妈妈笨拙地走到楼梯的顶端,她的体重使得她走起路来左右摇摆。"出了什么事?"她问道,"谁在哭?"

我摇着头,穿上鞋子。波拉的哭声越来越响。她妈妈说:"波拉?"然后她用一只手按住睡衣的开口处,跑下楼来。我打开前门离开时听见波拉哭泣着说:"别管我。请你不要管我。"

我开始沿街走着,走过金斯维街,走上思娄肯路。到了那儿,就看不见交通灯了,街道在夜幕下变得柔和了。我放慢脚步,注意身边滑过的每一辆车,车灯在我身上停留半秒钟左右。

有辆车开到我身边停下。车里的男人把头伸出窗口,吹着口哨。"你真美。"他说。我转过身去,盯着他看。他对着我微笑,示意我过去。

我向他的车走去，此时我内心的情感全都无影无踪了。我打开副驾驶座的车门，心想，到头来一切都是为了那事。我过去看过很多像我这样的女孩的遭遇：这分钟还在，下分钟就不见了。我爬进车后，想到波拉坐在她家客厅的地板上，手捂着脸，她妈妈的胳膊搂着她。我想到我拒绝波拉时她脸上的表情。我们慢慢地驶离路边镶边石。他说："你要上哪儿去？"

我告诉他我要回家。

"你是真的想回家吗？"

我点点头。

他带着了解我的微笑问道："你肯定想回家吗？"

"对。"

他打开收音机，把一只手移放到我的大腿上。我想，万变不离其宗，到头来还是为了那事。

但是，他开车把我送回家了。他停在我父母的公寓楼后面，没让车子的发动机熄火。我把手放在车门把上时，他说："让我亲亲你吧。"

我仔细看着他的脸，发现他年纪挺大，比我大多了。他向我靠过来，我记起波拉的话："你和谁性交或怎样性交都不重要。"我把脸转向他，街上空荡荡的，车里暖烘烘的。他亲了我，我感到他嘴唇上的胡须碰到我的皮肤，只是轻轻地擦过。然后，我下了车，走回家去。

第二天早上，波拉就离家出走了。她像往常一样，背着上学的书包离开家，但没有回家。我后来听她妈妈说，波拉在厨房里留了张纸条，告诉她妈妈，她会照顾好自己，不用担心。

春天，我走过波拉的家一两次。从外面看，没有一点变化。她卧室的窗户开着，蓝色的窗帘随着微风在轻轻飘动。我们一道在范妮布店选的窗帘布料，是波拉的妈妈完全按照波拉的意愿做成的窗帘。我站在她家前面的人行道上，暗自希望不管波拉在哪儿，他们永远也找不到她，把她带回家来。

有一次，乔纳把手放在我的脖子上，把我吓了一跳。他说："有时候我看着你，你很漂亮。"我不知道他是想说假话，还是在说这话时表达了一点真实的感情，很少的一点。但那么一点真实的感情买不来幸福、平稳的生活和爱情。我拉住他不放，这才感到自己的头脑、心和身体在分裂开来。不管波拉在哪儿，我不知道她是否找到了能让身体的这三个部分完好如初的妙方。我也不知道离家出走是否教会了她一些我到现在还不能领悟的真理。乔纳离开后，我看了一遍邮件，但没见有信来。

波拉离家出走后的几个星期里，一位咨询老师和一名年轻工作人员把我们一个个叫到他们的办公室里去。他们把我从地理课上叫出来,我心里充满了恐惧。我坐在他们的小房间里,一动不动,眼睛盯着地板。警察就在后面。波拉的妈妈也在那儿。她穿着一身酒店的工作服——衬衫、蓝色的百褶裙、尼龙丝裤袜和黑色的软拖鞋——看上去像个外乡人。她轻轻地拍了我一下,一只手放在我背后,然后就走到角落里坐下。咨询老师对我微微一笑。她说:"米里亚姆,我们跟你一样,都想帮助波拉。"

"她还没有与我联系。"

"你知不知道她可能会上哪儿去了?"

"我不知道。"

"你知不知道她为什么离家出走?"

我摇摇头。

咨询老师把咖啡倒进一个泡沫聚苯乙烯做的杯子里,然后站起来在房间里转了一圈,把咖啡壶递给年轻工作人员,后来又递给波拉的妈妈。他俩都用手捂住杯口,摇摇头。大家一声不响地坐着。波拉的妈妈小声对我说:"你肯定知道点什么事儿。你难道猜不到她现在会在哪儿?"

学校的咨询老师与我对视了一眼。她说:"波拉的父母很担心。我们都很担心她的安全。"

我说:"我不知道。"

波拉的妈妈说:"可她什么都告诉你了。"

这句话让我感到惊讶。我低头看着自己的手,想到波拉。想到我俩躺在她家客厅的地板上,白兰地往我们体内注满了温暖。想到那天晚上我离开她家时,那温暖的感觉被一扫而尽。我想我们都知道事情真相,但波拉是唯一有胆量说实话的,而我没有那份勇气。"几个月前,"我说,"我在波拉家过夜。我半夜醒来,她爸爸站在我们的床边。他在摸她的头发。他用手捂住她的脸。她转过身来,抱住我。后来我醒了,她在哭,但我假装睡着了。"

我把双手合起来,放在膝盖上,抬起头来看着他们。"你们想想这是什么意思?"没人回答我。我又说:"我知道波拉总是害怕一个人在自己家睡觉。"

我抬头看着那个女人,因为我害怕她不相信我。我盯着她看,感到胸中有哼唱的声音,像是一个爆破的音符。

我离开办公室时,波拉的妈妈跟着我走到走廊上。她的脸气得变了形,对我说:"你这是想干什么?"我盯着她的头发看,卷曲的棕色头发,掺杂着几撮银丝。她说:"你怎么能这么做?你怎么敢撒那样的谎?"我感到胸中那道哼唱的小口子变成空白,变成死气。

我转过身,沿着走廊向前走,让波拉的妈妈一个人站在那儿。我不知道我说的话起到什么作用。我不知道现在事实能不能对波拉有任何用处,也不知道现在是不是太晚了。但是,我相信她。我从一开始就相信她——这是我有能力去做的唯一一件事。

我记得波拉在杂货店买染发药水。她决定不了两种颜色要买哪一种：是买科莱罗尔牌的"耀眼色"，还是买好而易牌的"自然光色"。我不耐烦了，说："我们走吧，波拉。这两个颜色都一样。"她一手拿着一种颜色，比试了一下，似乎她可以从重量上就看出差别。她生气地看着我。我想，如果你能用一种染发色改变你的生活，如果事情那么简单，我们一开始就不会站在这儿了。

我等着波拉给我写信。我在脑子里列了很多事情要告诉她。我要告诉她，她的家还和过去一样，但他们让她卧室的窗户一直开着，似乎希望哪天早晨她会爬回去。我要告诉她十一年级和十年级一个样。我们已学过金子的历史。学过过去人们如何跑到海滩去淘金，因为他们相信金块会像鱼那么多。我们还学过很久以前，人们设法凭空制造出有用的东西。他们往烧杯里装满硬币和用七大行星做成的七种金属。他们把这些东西看作挂大衣的衣架，把自己的希望都挂在上边。

不过，我只是希望而已。因为波拉没给我写信，我不知道她在哪儿，我只能设法去想象。我想象一个无比繁荣的地方，海里有鱼，到处美极了。

电讯稿

就像你想象的那样,汽车在高速公路上飞驰。联盟大桥上的街灯飞快地从车旁闪过。早春季节,桥下的水还没完全化冻,闪闪发亮,像是一面有雾气的镜子。你曾经在邮票上见过这座桥。桥长十三公里,水泥结构。桥身不是直的,而是向左右弯曲,以防开车的人打瞌睡。在清晨的阳光照耀下,水泥显得很白,白得晃眼。

"我们到这儿了。"希瑟,也就是司机说。她的嗓音镇定自若。

夏洛特把脚跷在汽车的仪表板上。你过去见过夏洛特的照片,她把深褐色的头发低低地在脑后梳成一把马尾巴。她的脚指甲涂着深海蓝色的指甲油。坐在后座的琼把身子向前靠,很是赞赏地看着沿海的风景直点头。和她们想象的一样,土地是红色的。随着土地的起伏,一眼望去,不同的颜色融合在一起:红色、咖啡色和深绿色。山丘上有个花园,园内的花朵拼出一句话:欢迎你来到新不伦瑞克。

路旁，母牛站成一圈，头都凑在一起，像橄榄球球员一样挤成一团。夏洛特透过车上的挡风玻璃指着它们。"好奇怪的情景！"她说。由于开着收音机，而且汽车发动机在加速，她说的话没引起人注意。可是，车上的另外两人又是点头，又是笑。她们向母牛们挥手。汽车在高速公路上飞跑，有一段开到隔开双向交通的黄线另一侧，而后又开回来。又开了一会儿，到了一个拐弯处，就再看不见她们了。

这个国家对你来说是个谜。你所去过的最东边是艾伯塔省的班夫。那么，要想象这三位女士（夏洛特、希瑟和琼）的旅行，你必须凭想象去创作全部细节。就拿加拿大的大西洋省份为例吧。你一定记得见过一些明信片，上面印有白色护墙板结构的教堂，教堂高高的尖顶在阳光下闪闪发光。你从来没见过夏洛特，但你可想象自己与她们三人一道开车经过沿路的风景，不停地拍照。沿着蜿蜒的泥土路，她们不时地经过海边的小镇和在海上颠簸着的捕捉龙虾的小船，再就是已报废的罐头食品厂，墙上的漆已褪色、剥离，但是木头还带有大海的气味。

你本该工作，可你在那儿发呆，或者盘腿坐在沙发上，胡乱地挑选电视频道。对你来说，新闻是主食。有条货船在过大西洋时漏了。成千上万箱的货物掉进水中。几个月之后，那些货物（浴缸玩具）都被吹上岸来。大人和小孩都到海滩上去捡。"我今年六又四分之三岁，"一个男孩自豪地对着照相机说，"我一共捡了五十三个橡皮鸭子。"他微笑着，口袋里、手上塞满了黄色的鸭子。

你在写一本书，一本关于玻璃、关于那数以百万计从太平洋彼岸漂过来的玻璃漂浮物的书。这些漂浮物的形状多种多样，从玻璃擀面杖、玻璃复活节蛋，到形状完美的玻璃球。它们的颜色也各不相同：深红色、艳绿色、钴蓝色……在北美，这些玻璃漂浮物成百个地被海水冲上岸。几十年前，男孩女孩都跑到海边去捡在他们脚下闪闪发光的漂浮物。他们把这些卖了，挣些零花钱。如今，这样的漂浮物越来越难找到了。每当风暴过后，感兴趣的人们就在海滩上来回寻找。时常会有稀有的漂浮物出现。最近，也就是圣诞节的早上，有个人和他的孙女捡到一个黑色的实心玻璃球。他把球擦亮，它仍是纯黑的，是个保龄球。球上没有任何特殊的标记，所以至今都没人知道球的来历。

你瞪着电脑屏幕好几个小时，脑子里想着那条船上载的浴缸玩具。你手上的时间太多了。有时，一个想法会像一根落发一样在你头脑里扎下根，拒绝离去。就像现在，你记得你丈夫在雨中跑步后回来了。他直接走进浴室，你听见水打在浴缸上的声音时，就偷偷地溜进浴室，顿时，水蒸气和热气都开始刺激你的肺。你丈夫背对着你，你看他洗澡足足有一分钟。你脸上的皮肤开始出汗。你看着他的身体，一个跑步的人的肌肉和肌腱。你伸出手，把手平平地放在他的脊梁上，就放在脊椎骨弯曲成骶骨那里。他竟没感到吃惊。

你现在认为他一直知道你就在浴室里。你开始猜想他会用来解释你这一举动的一百万种方式。可是，你伸出手是什么意思呢？或许你只是想吓他一跳。或许你只是想透过热和气看看他是否真在那儿，还是那只是你想象中的一部分。

她们开车时，有时谁都不想停车。好像她们嫁给了高速公路，只见公路出口处的指示牌飞快地消失。她们现在离温哥华已有好几千个公路出口的距离。

只有食物才能把她们从路上引诱下来。一家在路边的蒂姆·霍顿咖啡店在向她们招手。你看着她们咯咯地笑着走进店里，她们用颤抖的、因长期不用而有些失常的手指端着几杯泡沫聚苯乙烯杯子装的咖啡。六个炸面饼圈一转眼就下肚了。希瑟又去排队再买一些。"买些油煎饼，"琼笑着说，她的嗓音在咖啡店里很刺耳，"我就爱吃那些油煎饼。"希瑟买了一打。吃完那么多甜食，她们都变得糖饱和了。她们排成一行，沿着咖啡店前面的人行道，迈腿向前走去。

晚上，她们仨爬进一张双人床。"我已经忘了我不旅行时的生活是什么样的了。"希瑟说。她们每人都写了一把明信片，但都还没寄出。

夏洛特躺在枕头上。她的头发已不再用橡皮筋绑着,而是垂落在身旁。"你是不是想知道如果我们不回去,会怎样?"

"如果我有一百万元。"希瑟说。

"不过,你们是否想过,如果我们开始朝另一个方向走,我们可以从陆地开到智利。如果我们不向西走,就可能到智利。"

第二天早晨,她们继续朝西行,可没人抱怨。在桑德贝城外,她们在特里·福克斯的塑像前停下。夏洛特坐在石头台阶上哭了。她哭个不停。"这是累的,"她告诉她们,同时努力着让自己的呼吸正常,"上帝啊,我受够了每天晚上都睡在汽车旅馆里。我们应该把帐篷拉出来,开始露营。让室内的供水、排水系统都见鬼去吧。我们干吗不能露营?"眼泪顺着她的脸流下来,浓浓的眼影都流到面颊上了。

后来,她在黑洞洞的帐篷里告诉她们她是怎么记得他死去的那一天的。她描述的时候——说到她当时穿着运动服站在小学里,听着广播里的讣告,看到降半旗——她感到生命又回到了她身上。她以为一些星星点点的细节早就忘了。在那一刻之前,她年纪还太小,不能完全理解死亡是会发生的。但是,那个电视屏幕上的年轻人,就是那个一头鬈发、会做怪相的小伙子——他死了,她的心碎了。

你丈夫具备一个长跑运动员的身体和灵魂。他是那种有耐力的人。即便睡着了,他依旧坚持不懈。一声呼唤,他便可爬起来,伸展身体,做好准备。这点他不像你。你躺下的时候,就怀疑自己有没有再爬起来的能力。你是女人中的窝囊大王。你躺在沙发上看电视,你在床上弯曲着身体,侧躺着看书。有时,灯关了,你就带着电脑上床。你丈夫打起呼噜的时候,你在写一个拥有四千个玻璃漂浮物的女人的故事。一个纵火犯把自己住的房子烧了。整个公寓楼倒塌了,可是,竟没有一人死于这场火灾,真是奇迹!第二天早上,过路的人来到废墟,捡回那些黑灰色的、烧化了的玻璃球。

夜里,你借着电脑屏幕的荧光,伴随着你丈夫有节奏的呼吸打着字。在这些时候,观察他是很困难的。他的脸如此开放,他的下颌如此松弛,他显得脆弱、孤单。你们俩一直都是孤独的人。你丈夫说,你们就像两棵大雪松,又大又粗,年复一年越长越宽了。你很喜欢你丈夫的比喻,毫不张扬,朴实明了。

你丈夫从来没对你不忠。只是几个月前,你发现了他写给夏洛特的信。他们是一起长大的。信中他向夏洛特表白他爱她。你丈夫把信和夏洛特的回信都摊开,平放在厨房桌子上。你想象着他意识到这一差错的那一瞬间:他正站在库房的地板上,手里拿着扫帚。他设法打电话给你,可你只是站在那儿,让电话铃响下去。当你看了他在那张纸上的爱情表白时,你丈夫无懈可击的文笔让你吃惊。你想到他的脸、褐色的眼睛和逐渐变稀的头发轮廓,想到他坐在厨房桌子旁看报纸的样子、他皱眉的样子和他用嘴唇默默读书的样子。

那女人,夏洛特,回信了。她告诉他要控制自己的感情。她回信说,他们的友谊再也不会恢复。他把两封信都留在厨房桌子上,并非出于恶意。你拒绝相信他这样做是出于恶意。你丈夫不是那种人。他属于那种尊重隐私的人,那种可以保密到底的人。他在受了挫折和伤害后,一定是忘记了把信收起来。

你的想象绝对正确。他去上班之前,拿着那两封信,把它们放在厨房桌子上。这些信他读了一遍又一遍。他曾提出为了她而离开自己的婚姻,可她决然拒绝了他。控制自己的感情。他煮了一壶咖啡,给自己倒了一杯。他先穿上鞋,然后穿上上装。信封在厨房的操作台上。他把信封折叠起来,塞进口袋。几小时后,当他的脑子反复思索这件事时,他又拿出信封,可是发现里面是空的。他意识到那些信还摊开着躺在厨房桌子上——也就是在那儿,他刚刚睡醒、饥肠辘辘的妻子发现了这些信。他给家里打电话,可那头没人接。

那天晚上,你出去了,没回家。你爬上一辆公共汽车,横穿整座城市,低着头断断续续地对着大衣袖子哭泣。你在一家二十四小时营业的小饮食店要了个汉堡包和薯条，而后就在那儿一直坐到天明。这时，早起的人已开始来吃早饭。你一页不漏地看完了前天晚上的报纸，又看完了当天的报纸。然后，你才沿着林荫大道，顺着去往市中心的缓慢交通，一路步行回家。到了家，你丈夫已经走了。你打开电视，然后躺在床上，一睡就是几小时。

你从头到尾，颠过来倒过去，从每个角度把这事思索了一遍。你反复把这事想象了多次，直到你感到头昏想吐。你丈夫从来没对你不忠，但是，现在你生活中有个东西松动了。一枚别针松开了。他回来躺在你身旁时，你对他说："我们会找到解决办法的。"他脸色青灰，点了点头。

他的皮肤在白床单下显得苍白。你趴在他身上，亲着他的皮肤，设法到处都亲一口。你从来没对他不忠。你每次亲他时，都这样想。看着我，你想，我从来没对你不忠。我正在亲你呢。你直视着他。你丈夫的心曾碎过，可那不是你的错。当他把脸埋在你的胸口时，他的身体紧绷着，悲伤不已。那时候，你脑子里想的就是这些。

在你的脑子里有一段记忆你怎么也忘不了。你们俩紧挨着躺在床上，像是岸上的两条鱼。你们在看安哥拉的图片新闻。在橡木街上，川流不息的交通发出白色噪声。大灾难！你丈夫又说了一遍那句话:"到处都是照相机,可食品太少。"你们两人看到一个女人在哭泣。她在用自己的脏手绢擦眼睛。可你们,在世界的另一端,在另一颗行星上,在无语地观看着。

你没在写书,而是在看午间新闻。就像个十几岁的少年,你躺在沙发上,遥控器放在肚子上,手却在抓爆米花。世界在装爆米花的桶里见鬼去吧。你心里是这样想的,但从没说出声,因为这样玩世不恭是很可怕的。可是,看看这个世界。尽管你所在的城市早上九点到下午五点正常运作,可是炸弹照样爆炸,飞机照样坠毁,事故照样发生。你这话说得就像你妈。就在你的婚姻勉强维持的同时,革命此起彼伏,有点像夏天的花朵一样在午间新闻里怒放。还要做晚饭。近来,你发现自己的心脏有些毛病。你应该坐在厨房的桌子旁写书的,却在看电视上中美洲发大水,看东帝汶的帝力,人们坐在卡车里,肩膀上背着步枪。你还没听过枪响?你知道你花太多的时间去想你的婚姻。你知道如果可能,你会一整天像这样坐在沙发上,观看其他国家发生的事。有一个妇女紧守着自家的屋顶不愿离开。莫桑比克在发大水。物资供应匮乏,援助姗姗来迟。到了早晨,水位可能会漫过她坐的地方。你想乘坐飞机。你总是想取悦别人,你扛着沙袋去抗洪。你知道你对屋顶上那个女人是怎么想的——她什么也没做,不应该受到这样的对待。可她会怎么想你呢?她会用不相信的眼光看着你。她会带着最微弱的一丝怜悯看着你。

开过安大略省的小城镇时，三位女士照了许多水塔的照片。当你从背景中观看时，看到夏洛特将身子探出副驾驶的车窗，她的身子危险地在车子外面摇曳。她低下头来回到车里时，头发一团糟，被风吹得蓬起来，满头都是。她微笑着，嘴角一高一低。

驶过冰球场和有高高尖塔的教堂，开过蓝天下一片干旱的土地，她们一路上伴着收音机唱歌。她们期待着晚上。天黑之后，她们就要在群星的掩护下搭起帐篷，拿出此刻在车厢里哐啷作响的啤酒。她们可以看到自己在炎热的晚上无忧无虑地跳舞。夏洛特已喝醉了，头有些晕。她说："姑娘们，我从生下来就认识你们。要是没有你们，我真不知怎么办。"她说这些话时的感觉可谓苦中带甜。她真的不知道再回到十九岁、二十一岁的时候会是什么样子。可她宁愿像现在这样，与朋友们侧身躺在篝火前。她们回到温哥华，她的生活就会恢复正常。再往前，回到在萨斯卡通的家里，她就要弥补所有逝去的时间。

为什么这一切像图画一样清晰地出现在你脑海里？你很害怕回答这个问题。你告诉自己，你和夏洛特有缘。但是，你害怕的是：你会尾随她，不再过自己的日子。要保证她不复存在。要把她赶出你的生活。在所有这些生动想象的场景里，你是观众、观察者，是那种不看完最后一场戏不离开的观众。你动了感情，愤怒就会像已被遗忘的体重一样附上你的身子，迫使你把戏看到底。

你特别想当那个为夏洛特悲伤的人。不是那个羡慕她的人，而是那个心已变硬的人。你站在路上。那里居然有你的空间：一个不很典型的、被刺眼的荧光灯照亮的公共汽车站。你从来没离开那车站。不管怎么样，或是上刀山下火海，或是病，或是死，你都要站在那儿把整场戏看完。

你看到那场事故的时候，就知道这样的事一定已发生过一百次。通往劳埃德明斯特的公路像箭一样笔直。路面很宽，它使开车的人产生错觉，认为自己没睡着。

你几乎让自己相信你当时就在那儿。是你，似醒非醒地坐在驾驶座上。究竟是什么时候你意识到车子失了控，情况已无法补救？究竟什么时候，你已记不清了。就连撞击也是你梦境的一部分。你失去了知觉。但在你昏过去之前，你看见夏洛特坐在你旁边，你看见副驾驶那侧像是放慢镜头似的被挤碎。她睡着的身子系着安全带，向侧面抛出去。她落在你的膝盖上，她的身子很别扭地耷拉在你的身上。你知道你们都完了。那车，你有种感觉，那车不行了。可当时你不知道的是,你们三人都坐在自己的座位里不行了。

后来,希瑟只能说:"我们在超速行驶,然后车失控了。"以每小时一百四十公里的速度在一段平坦的高速公路上行驶。车越过沟,一头朝着农家住房旁边的一棵树撞去。

冲撞发生时,你只看见四处灯光直闪。因为天黑,你当时没能看见房子,还有人在拼命逃命——那么多人衣服没穿好,就飞快地往路上跑。他们在有露珠的草地上跑。

车被撞进那棵树里,车内的灯还奇迹般地闪亮着。

你不想害相思病。你梦见自己坐在橘黄色的摇椅里,一杯冒着热气的咖啡放在椅子的把手上。椅子前后摇动,可咖啡一点也没洒出来。好像你真有能力那样做似的。你不停地动,可有件小东西你想平衡。那件造成威胁的东西结果安全无恙。你爱你丈夫,爱他爱得让你心疼。你认为这样的感觉是不理智的。在你周围有那些男人、女人和儿童的图像,在帝力的那些人从来没跑到山里去躲起来,而你却一心想着自己生活中那些微不足道的悲剧。你尽你最大的努力为他们祈祷。你想象他们夏天站在街上,脚上尽是灰土。你想象他们是安全的。你不知不觉地把手扣在一起放在脸前。你坐在那儿的样子让你吃惊,让你感到惊讶而不高兴。

从你看到那两封信到事故发生的那个晚上,一个月都不到。早上，你丈夫从电话里听到这个消息。他一上午都在打电话，不停地打给不同的人。他对那三个女人（琼、希瑟和夏洛特）都熟悉——他们都是来自萨斯卡通的儿时好友。你听说，汽车撞在树上后，琼和希瑟站起来走开了。希瑟受了惊吓，开始奔跑，顺着大路就跑。一位还穿着睡衣的老人温和地把她带回事故现场。

是希瑟给你丈夫打的电话。"夏洛特一直在睡觉，"她告诉他，"她什么也没感觉到。"

如果你丈夫为夏洛特感到悲哀，他做得通情达理，但又拒绝表达自己的悲痛。当你问他感觉如何的时候，他很能挺得住。他说："我不知道，事情已经过去。"

他脸上的表情不露声色，你已经知道不该追问他。你让他一人待在公寓里。他需要空间，你也就给他空间。没必要为那个小小的背叛去当面对质或反复追问他。不过，每天你都在气愤和悲伤之间徘徊。你预料到他的悲痛，甚至愿意理解他。只是他不愿忘记这样的悲痛——他的隐痛不是做给你看的。悲痛属于他一个人。

这些日子，他看报纸一看就是几个小时。但你知道那只是个幌子。和你一样，他也在思考。你们的家很安静。你们两人都会照顾对方，但又各自陷入沉思。收音机不停地在客厅里发出低低的声音。因为你坚信礼节、礼貌和尊重，你从不问他，也未提起她的名字。当你把那两封信扔进垃圾桶时，你是在告诉他你们之间的协约的条款。你在说,别再提这事了,假装这事从来没发生过。你们两人像两棵雪松,并排站着,但各自孤立地站着。

你从没见过夏洛特。你担心过于关心她的生活是不正常的表现。可是,到了中午,当你的手放在键盘上时,你可以看见她坐在副驾驶座上睡觉、做梦的生动图像。你体内的某种东西想要伸出手,就像孩子们想用他们的手指去碰电视屏幕似的。汽车驶离路面时,你想把它推回去,让车子回到正道上去。还是不要这样结尾吧。

其实,你只是个旁观者。是你丈夫当时应该在那儿,站在路上,而你应该留在背景里,表示好奇。你丈夫的感情很深,他在真实生活中从来没有哭得这么伤心过。如果这是张照片,你会很模糊地出现在背景里。

萨斯喀彻温对你来说是张照片,只有蓝色和金色两种颜色。一片片的麦田或是被风吹弯了腰,或是在炎热里直直地站着——这是个凝固镜头。有一张夏洛特十六岁时的照片。一个可爱的姑娘站在粮仓外面笑,深色的头发在蓝天下面飘逸。你从来没去过萨斯喀彻温。想象那绵延不断的天空,真让你赞叹不已。一望无际的麦田就像沙漠一般。你想象夏洛特站在照片某处的一条泥土路上,那路从田野中间穿过。你记忆中的夏洛特就是这样。因为对你和对你丈夫来说，她总是带有一种永垂不朽的气质。

很久以来，你把她当作你想做的那种人。她是农夫的女儿，曾经当过小学老师、汽车司机。你认为她是个理想主义者。人们发现她很有吸引力。他们说，她真的知道该怎样生活。就连你，在你那个虚构的世界里，也发现她对你有吸引力。你注意她的手是怎样动的，既不小心翼翼，又不犹豫不决。你可以听见她的声音在空间里轰隆作响。

你与她在玩游戏，玩一种朋友之间用来消磨时间的游戏。如果我是只动物，我会是哪种动物？你告诉她她是一头大象、一只老虎、一只羚羊。你丈夫，她说，是头骆驼。他是那种有耐力的男人。可你是什么动物呢？一只燕鸥，她说。你不知道燕鸥是什么。那是种鸟，她说。它在海上飞，飞得很快。你想象那是一种可以飞个不停的鸟。如果可能，燕鸥永远不会停下。你说，那可是个弊病，她笑了。她说你对所有的事物都看其阴暗面。她的微笑可以充满整个房间。你是哪种人呢？你身上的某个部分对她的逝去感到高兴。高兴的是：这么有气质——那样的微笑，那样的自信心——都没能救她。

你把你所害怕的东西都列了出来：核灾难、生孩子、战争、婚姻破裂。好像列出的这些东西是平等的关系。你知道把这些写出来并不能让它们消失。但是，列出的这些东西让你担心。你不想自私。你沿着温哥华的街道走着时，曾把一个蓝莓小松糕塞到一个坐在人行道上的男青年手中（他的狗就在他身旁）。你外衣口袋里有颗苹果，你也省下来，准备给别的什么人。在家里，你和你丈夫并排躺在床上，阳光从百叶窗的缝隙里照射进来。你像受了惊吓的人那样，躺在那儿一动不动。你脑子的一部分知道你每件事都做错了。你知道这一点，可是你仍然每天坐在厨房桌子旁，努力工作。在研究日本玻璃漂浮物的时候，你见到"阿玛"一词。这个词指的是日本珊瑚礁里的潜水员，她们既不穿潜水服，也不戴氧气面具，在海里寻找鲍鱼。这些女人能在水下屏住呼吸长达两分钟之久。她们的肺活量令你吃惊。有些阿玛已六十岁高龄。想象一下，她们在潜水，胸脯因缺氧都快炸了，还日复一日地捕捞鲍鱼。

一天夜里，你们俩都睡不着觉，便一起出去散步。人行道上已铺上一层秋天的落叶，可你们俩手牵手地一道漫步。当时才清晨三点，街道上空荡荡的。一辆车拐弯时把车灯扫在你们的身上，然后便扬长而去。你可以听见车越开越远，可你一直听到那声音完全消失为止。有一段时间，你丈夫做了个动作，让你想起孩子。他把你的手前后来回甩，你们连接在一起的胳膊就在你俩身子之间轻松地活动着。

你们走的那条是上坡路，路尽头是一圈大房子。圆形场地的中间是个小小的绿色公园。你和你丈夫就在这里停下，慢慢地绕着圆形地带，仔细地查看周围的房子，试图去发现那些看上去像是被遗弃的房子是否真的没有人住。周围没有一点动静。在这儿，在这块黑乎乎的空间里，你很容易认为只有你和他存在。在一片安静中，你丈夫低声哼唱起来，可你听不出他哼的是什么调子。他的目光与你的目光相遇，但他突然将目光移开。你带着无限的悲伤和气愤看着他，这使你们俩都很吃惊，你是忍无可忍了。

他告诉你他的行为是不可饶恕的。但是，他不能让时间倒转，他也不知道怎样改变现实。

你体内有某种东西崩溃了，一下子垮了。也许是你丈夫脸上的表情告诉你别无出路了。你告诉你丈夫，你最近一直在遭遇奇怪的事情，凭空想象你从没去过的城市，并看见从没见过的人。你说："我不能再这样活下去了。"你为自己说的这些话感到吃惊：字字让人伤心，但又毋庸置疑。

他慢慢地走在你后面，点着头，然后开始沿着公园的外围走起来。你丈夫从你身边走开的时候，他提高嗓音，好像认为没有人可以听见他。也许他已经不在乎别人能听见他的话了。他告诉你许多你不愿听的事。他说他收到夏洛特的信时，感到很绝望。他希望她离得远远的，他再也见不到她。他一个劲地说着，滔滔不绝地说着。他说，他害怕寂寞，害怕犯可怕的错误。他为自己的这些恐惧感到羞耻。

这就是你最终想得到的。他深藏在心里的悲痛统统公之于众。可是，你胸中此时也充满了不可压抑的感伤。受到感情牵连的不只你们俩，还有那个你常常在想象中见到的女人。她会对你所做的努力、你的坐立不安、你的恐惧和负疚感怎么想？她还会在你身边逗留多久？

在你前方，一片房屋没有一点动静。你站在你所在的公园的一角，注意观察动静，期望有人开灯，期望有人急急忙忙地跑到路上来。

你知道你们俩最终能在情感上恢复过来。你们会一道走回家，不是因为这是人们期待的结局，更不是因为这是正确的决定。而是因为你们俩都要用各自的方式这样做，因为你们俩已共同走了这么长一段路。

你们这样站了很久，两个人藏在草丛里。在你的脑海里，世界各地都有人在转圈，潜水，从水里浮上来吸气。你和你丈夫找到了这个安静的圆形空间。他蹲在地上，脸埋在手里。还有夏洛特，在一辆横穿平原省份的汽车里睡着了，正在做梦。你丈夫站起身来，透过黑暗，穿过树林在找你。一个又一个危险的十字路口。

房　子

回去看房子是凯思林的主意。她知道公共汽车的路线：16路到49街，然后向东到把温哥华与郊区分开的分界线。洛兰今年十岁，只是跟在后面，与姐姐做伴。

在公交车站，凯思林从钱包里掏出硬币。公共汽车停下，打开门，她们赶紧跨上汽车。车外面，城市模糊地闪过，直到汽车开到另一个邻里。街道和商店突然变得熟悉了。经过骑士街上的花店时，洛兰似乎忽然看到她妈妈站在那儿的人行道上。她的手抚摸着那些植物，她的脸因身边绽放的颜色而放光。凯思林按铃要求下车，她们就下了车。离主街半个街区就可以看见她们家的老房子了。

洛兰几乎认不出那房了了。她站在前面的草坪上，设法想象自己坐在前面的窗户那儿。她几乎可以看见妈妈在那儿，坐在台阶上，直直的头发被风吹得遮住了她的脸。她想象着父亲的白色小型敞篷货车正开进家里的车道，父亲跑上台阶，进了屋。洛兰盯着窗户看，想看看有没有动静，可是，一点动静也没有。已是九月的第三个星期五，她俩大老远地从城市的另一头来看她们的老房子，纪念母亲的生日。

两个女孩在房前的人行道上走来走去。她们已有一年多没住在这房子里了。凯思林停下来，赞赏着花。草坪剪得短而齐，她们很小心，没在草上走。

"我们就在这儿等吧，"凯思林说，"看她会不会来。"她们走过街。洛兰在路边镶边石上重重地坐下。凯思林把凉鞋踢掉，在干草上跳上跳下，脸上发光，充满了希望。

洛兰尽量不去想学校，或者她们的养母莉莎会说什么。相反，她仔细地看着一栋又一栋房子，以此来消磨时间。红屋顶的房子在这儿。隔壁呢，深绿色的窗帘拉得很严实。洛兰现在知道了妈妈为什么对爸爸说："没了你，我就垮了。"她知道那些话的意思是"我想你"。"想"这个字概括了一切。

她妈妈左胳膊上有三个白圈，那是她小时候种牛痘留下的疤痕。有一次，洛兰撩开爸爸的衣袖，也看到三个一模一样的疤痕。她想象妈妈和爸爸是多年失散的孪生兄妹。他们一道生下来时上臂连接在一起。把他们分体后，身上便留下三个内陷的、像扣子似的疤痕。近来，洛兰总是想妈妈：她的鞋子在人行道上快步走路发出的声音，她的黄褐色头发剪得短短的，很多很多个月以后便慢慢长长了，一直长到能碰到她的肩膀。洛兰小的时候认为妈妈的头发与时间的推移有着直接的关系：夏天短，冬天长，其他季节不短也不长。

妈妈和爸爸有时在一起，有时分开，但他们都住在洛兰的脑子里。无论她怎么赶，也无法让他们离开。所以，她认为她就不该赶他们。如果他们消失了，她也不认为她能够让他们再回来。

妈妈离开之前，曾在教堂的唱诗班里唱歌。有时她带着她们一起上楼，她们就坐在管风琴后面。大人的声音叠在一起，回响在管风琴的凹室里。妈妈的嗓音很响亮，充满幸福。出了教堂之后，她们就一道走去乘汽车。如果爸爸在城里，她们就会一起挤进他的白色小型敞篷货车，到塔克大妈餐馆去吃晚早饭。夏天，水果自助餐的草莓比洛兰的拳头还大。有一次，妈妈拿了一颗草莓，放进自己的啤酒杯，她笑起来。她把草莓拿出来时，草莓颜色发黄，味道发苦。妈妈笑得很厉害，把啤酒杯都打翻了，弄得一塌糊涂——啤酒洒到爸爸的煎蛋饼和凯思林的法国吐司上。洛兰笑个不停。妈妈的脸皱成一团，眼泪都笑了出来，她的头发从橡皮筋里散下来，缠在一起。看着妈妈那副样子，洛兰和她一道笑。就连看到爸爸的脸后，她还是笑个不停。回家的路上，父亲把车开得很快，快得让她们什么也看不清。妈妈的歌声飘出车窗，与热风融合在一起。

妈妈离开的那个早晨，洛兰爬到父母的床上，用鼻子去嗅闻他们在枕头上留下的气味。她闭着眼，走进他们的衣橱。她把衣服从一边推到另一边时，裙子和衬衣一起飘动。她想在那儿睡觉，躺在衣服堆里，一百年以后再醒来。到那时，父母会把衣橱的门推倒，把她吻醒，告诉她她早已知道的事实——这只是一场噩梦。

可是，真正发生的事实是她姐姐凯思林过来，突然打开衣橱的门，把她从衣橱里拉出来。姐姐一下把她拉到自己的怀里，抱了她好一会儿。凯思林过去照料她们的妈妈，现在她把所有的爱都转向洛兰。姐姐亲她的头发，使洛兰感到一切都清楚了：哪些事是真的，哪些事不是真的。好像她一下子被向上抛进了冷空气，一切都像白天一样清楚了。

洛兰记得去年脸朝下趴在两条路相交的地方。她那时九岁，歇斯底里地尖叫着。妈妈抓住她的双手，一边求她，一边哭着要把她拉起来，可洛兰用手指扒住地面。汽车鸣着喇叭，从她们身边绕过。洛兰有种感觉，认为自己要死了。她什么也看不见，感到一切都是湿的。世界就要在这路上结束，被泥弄脏的红叶子在水泥地上，人们迈着大步从她身边走过，她嘴里吃满了汽车吐出的废气。妈妈的面颊上布满了网状的血管，跪在水泥地上。然后，不知怎么回事，她俩站在路边镶边石上，洛兰的身子紧靠着妈妈，两人都在非常伤心地哭着。在家里,妈妈喝酒喝得两眼暴突出来。她躺在床上,洛兰看着那床单随着她的呼吸浮上浮下。洛兰爬上床,睡在她身旁,侧身抱过去,一只胳膊搂着妈妈的胸腔。

"我们俩是一对儿,"妈妈说,字已咬不清,"你喜不喜欢?我们俩是一对儿。"

洛兰盯着妈妈消瘦的手看,那手指甲软软的,不很整齐。"我喜欢。我们俩是一对。"她对着妈妈的耳朵说。

妈妈摇着头说:"不对,你答错了。"

那天夜里,爸爸从哈迪港打电话来(他在岛上伐木)。他总是叫她妈妈"亲爱的",用甜言蜜语哄她玩,弄得她脸红,咯咯地笑。"上帝啊,我想你,"她说,几乎是哭着对话筒说,"没有你,我就垮了。"然后,她就上楼去睡觉,一脸喝醉酒的样子。

等轮到洛兰和爸爸说话的时候,爸爸说:"我听说你发了次大脾气。"

她对着电话点点头:"是的。"洛兰不知道如何解释自己的行为。她只知道自己一旦躺倒在水泥地上,就不想再站起来了。

爸爸在等着。洛兰想象她可以看见电话线渐渐地缠在一起进入夜间,父亲的宽肩膀向前耸着。"我们的钱不够吗?"她问。

"当然够,"父亲开心地笑着,"你想要买什么?"

"什么也不买。"

"你是不是就是为了这个才大发脾气的?"他在逗她玩。

"如果我们不缺钱,你为什么要住在那儿?"

他沉默了一会儿,然后说:"我很快就会回来。到圣诞节,你就会有很多的礼物,多得叫你不知道该怎么办才好。"

她听到父亲在抽烟,那吐出来的烟是从喉咙里出来的。"对了,"他说,"别相信你妈说的那些话。"

"哪些话?"

"嗯,就是,"他叹口气,说,"有时她大发脾气时说的。"

洛兰真想摇晃电话。"她整天喝得醉醺醺的。"

"整天!"他大声喊道,"你应该看到她年轻时喝酒的样子。"

夏天是最漫长的季节。那是所有的树都被砍倒的季节——她父亲在冬天下霜之前把树都砍倒。她们会几个月都见不到他。他在伐木营地很想家,会给家里打电话。他答应哪天会带她们去一次。她们可以观看伐木现场:砍倒的树被吊起来运到山下,工地的空气里满是锯末。他答应明年在城里找份工作。那时她妈妈还相信他的话。她把她和姐姐叫到一起,在光盘播放机里放起蓝调碟片。妈妈喜欢跳舞。她和两个女儿一起跳舞,跳舞时她酒杯里的冰块当啷作响。她们的母亲是个快乐、爱玩的女人,夏天她一头短发,苍白的胳膊变得很柔软。

当她不相信他时,就躺在床上睡觉。她会拿上自己的手提包,说:"我一小时以后就回来。"可她要到第二天的夜里才会回家。

不是周末时,住宅区的每一天都被有规律的活动填满了:浇灌草坪的洒水器低哼着前后摆动,水打在人行道上。小孩子在浅水池里晒太阳,他们的笑声泛起水泡。时不时还能听见电话铃的响声。洛兰仍和凯思林在人行道上走来走去。走到一半,有个洒水器洒出的水挡住她们的路。水在水泥路面上形成一道弧线,溅到路上,洒在草坪的边上。凯思林皱着眉头说:"看到了吗?不应该这样。这是*浪费*。"她规规矩矩地绕过弧线形的水流,跨上安静的街道。洛兰却径直从喷出的水中穿过,水把她的衣服和皮肤都打湿了。她浑身湿湿的、凉凉的,但她眨了眨眼,沿着人行道照直向前走。

中午的太阳像火一样无情地直射下来。她们坐在一个邮筒背后的阴凉里,两人的脚后跟在路边镶边石上上下跳动。洛兰坐在那儿,凯思林的头偎依在她的膝盖上。洛兰不假思索地把姐姐的一缕头发一圈又一圈地绕在自己的小手指上,直到凯思林告诉她那样弄得她很疼。洛兰的身子向后仰,看着天空慢慢地在她们的头上移动。但是,姐姐坐不住。她用眼睛扫视着街上发生的事,变得激动起来。洛兰好久没看到她这么高兴了。她站起来,飞快地冲到拐弯处的小店,买回一大把好吃的——一塑料袋钥匙形的酸糖和两罐饮料。她俩小心翼翼地吃着糖，一次只咬一口。她们都嚼得出了汗。吃完了喝完了，她们把饮料罐和糖纸放在地上，看着它们从路边镶边石上滚下去。

凯思林躺在草上，两腿顶在胸前。"这草不属于任何人，"她忽然说，"从人行道到路边镶边石的这些东西呢？也不属于任何人。所以，这些都是我的。"她在草上躺得舒服了，就极度享受地把身子伸展开来。这时，她的短裤爬上了大腿。

一个穿着皮鞋的年轻妇女在人行道上走过来。她手指间捏着一封信，凯思林二话不说，侧过身来让她走过。女人把信塞进寄邮件的长孔，然后不耐烦地看着她们说："你们两个小姑娘干吗不上学，在这儿闲坐着？"

"少管闲事，"凯思林说，"我们在等我们的妈妈。"

女人皱着眉说："你们不该坐在太阳下面，"她很凶地说，"难道你们的妈妈连这个都没教过你们吗？"

凯思林看着女人走开了，然后她嘴里默默地说："反正我说过少管闲事。"

可是，洛兰一直在观察自家的房子。现在一个女人出现在窗口，一边向外看着她们，一边打电话。她的手捻弄着电话线，托着电话听筒的底部，她的头朝前倾，点着头。然后，她转身不再面对她们，走回屋子，就不见了。

凯思林盯着空空的窗口看，然后挪了一下，靠得洛兰更近些。"我可以跟你用钱打赌，"她的脸忽然红起来，说，"现在妈妈随时都可能从这条街上走过来。"

洛兰听后没答话。她记得父亲有一次说过的话。"那有点像爱情，"他告诉她们，"看你妈喝酒的样子，就像是爱上了酒。"

去年妈妈过生日时，她带她们去了齐普利艾诺餐馆。在庆祝性的场合她从来不像其他人那样喝酒。生日那天，她没喝酒。每年就这二十四小时不喝酒，她就是想证明她有这个能力。那家餐馆又小又热。她们吃了蒜蓉面包块，还喝了"秀兰·邓波儿"鸡尾酒和"天行者卢克"鸡尾酒。纸做的小伞插在饮料杯里。洛兰特别喜欢烛光下妈妈的脸，她的头发直直地落下来，像是张翻动着的书页。她们的盘子里堆着高高的、小山似的意大利面条，上面浇有红红的、松软的肉圆子。她们慢慢地品尝着热巧克力。洛兰和凯思林都故意不去注意妈妈的视线在邻桌倒酒的时候就移了过去这一事实——她的注意力被酒偷走了。她们说了些话来分散她的注意力，但很快她们就吃完了。妈妈付了账后，她们就离开了。可是，那餐馆没有门，只有一扇宽宽的、长方形的窗户。你得从那儿走进潮湿的夜晚。

洛兰想快点长到十四岁。等到十四岁了，她就会像姐姐一样，什么都弄明白了。她会像凯思林那样相信她们的母亲会回来看她们。她就能把妈妈的病和她的人区分开来。她会把这两个部分像不同的玻璃杯里的水一样分开。

那个时候,她弄不清什么时候妈妈在说真话。她说的话一会儿一变,像个有毛病的心脏一样靠不住。看到妈妈从卧室走出来,眼睛发亮,跳着舞,洛兰就知道这时她不能相信妈妈的话。这时的妈妈满嘴谎言,这时的妈妈会离家出走,把她们忘掉。

"我干的这事,"她有一次告诉她们,"利大大多于弊。"

然后,她把头发从脸上向后梳直,这样显得她的蓝眼睛很大,看上去就像个电影明星。然后,她就开车去商店。后来,等她把家里喝空了,她躺在沙发上哭着说:"我这是干了什么?十年下来,我什么都没了。"洛兰从来不知道该说什么。那天晚上,她梦见妈妈在笑,发出一种向下俯冲的声音,使她想起一只海鸥借着风力,从空中迅速下降。她梦见妈妈死了。整个上午她都认为这是真的。可是,没过多久,妈妈的车就开进了家里车道。汽车的发动机还没关,车门还大敞着,妈妈就像英雄似的大摇大摆地走上台阶。

她们的妈妈离开的那个早晨,洛兰站在草坪上。凯思林几个月前推剪过一次草。草现在已长到膝盖高,可能还要高一点。她和凯思林过去常常站在草里顺风吹蒲公英的花。现在院子里到处都是蒲公英的花。

妈妈走出来，手里拿着她的手提包。她用弯曲的手指托住包的底部，像是托着一块长面包。她穿着大衣，尽管天上万里无云，地下热浪滚滚。洛兰坐在草丛里像穿了伪装服似的不受人注意。她看着妈妈走在路上，一步一步走得稳稳的。她身后的阳光把她的头发染成金黄色。她那美丽的头发使洛兰相信一切正常。她走路的样子，她所去的方向，还有那像礼物一般拿在手里的手提包——这一切都挺正常的。她看着妈妈。今天蛮可以是一年中的任何一天，不好也不坏，没什么特别的。妈妈沿着街朝南走，左转之后就不见了。

三个晚上过去了。她和凯思林晚上看电视里的老电影看到很晚。"我不担心妈妈会一去不回来了，"凯思林说，"你担心吗？"洛兰摇摇头。

早上，洛兰醒来时感到害怕了。她已经习惯早上起来发现妈妈在家里的什么地方了。有时在地板上，就躺在她的床边。妈妈的嘴会大张着，大口大口地呼吸着空气——真像一个孤独的游泳者。

第四天，她们打电话给她们的父亲。长途电话——电话线像蛇一样穿过水底通到岛的北端。洛兰在想象爸爸接电话时的情形：他把电话靠放在肩膀上,背景是高山和森林。她用这个办法让自己镇定下来。爸爸问了她们一次又一次:"可你们最后一次见到她是什么时候?"

"几天以前,好几天以前,就是好几天以前。"

"她说什么了?"

"她什么也没说。"

"我保证,"他告诉她们,"我没回家之前,她就会回来。"

她们在空荡荡的房子里,天天吃花生酱三明治。凯思林透过前面的窗户往外看。"妈妈今天会回来,"她说,"没我在她身边,她会不知道怎么办的。"洛兰的头很痛。她走入妈妈的衣橱,就站在里面,不知道她们离开家的时候能不能把这衣橱带走。

第二天,她父亲走进门时,洛兰正躺在地板上,用手按着胃部。凯思林从卧室走出来,歇斯底里大发作。她在尖叫。因为这种行为与她的个性太不一致了,洛兰坐起来,可她的脑子很糊涂。看上去凯思林和爸爸是在跳舞,因为他的手先是用力地抓着她的肩膀,然后抓着她的头。不过他们声音太大了。她静静地躺在那儿,心想如果没人打搅她,她可能会从地板上爬起来,自己回到床上去。然后,她开始担心自己根本不是真实的。这个房间里还有凯思林,她呼吸困难,一直在哭。爸爸在用悲伤的嗓音叫她安静下来。再想想自己,自己就像地毯上的一粒面包屑,慢慢地变得什么也不是了。

洛兰记得妈妈离开后，她们和爸爸一道去伐木营地。他们的车在碎石路上开了好几个小时。在岛上的地理中心，森林变成了一个小镇。空气真是清新，让洛兰的嗓子感到不舒服。她抬头看天空，那些大树直冲云霄。父亲把她们带到一座山的山脚下，那里有些年龄只有二十岁的男孩在一棵一棵地把树砍倒。

"看到了吧？"车开过伐木的小路时，爸爸说，"我是不可能带你们到这儿来的。"他上身穿着白色T恤衫，下身穿着用吊带吊着的牛仔裤。他的皮肤黑黑的，被太阳照得发光。"这个地方不适合家庭居住：没有大型购物中心，没有电影院，什么也没有。"

洛兰不愿意发表自己的意见。他们从车里看到夕阳把天空染成一片鲜艳的橙色。

营地上有个小卖部，就是那种既卖牛奶、奶酪，又卖尿布和锯子的店。她爸爸的个子比货架都高。他用大手从冰柜里拿出冰棍，又拿了几包海绵糖。夜色漆黑，可空气里尚有暖意，他们就在帐篷外，围着篝火唱起歌来。凯思林有副天使一样的嗓音，浑厚而又平滑，像她妈妈的嗓音。"我的天啊，"爸爸用他嘶哑的嗓音说，"你可真能把死人唱活了，你真行！"

他躺在泥地上时，他的脸就在黑暗中消失了。他告诉她们，她们的妈妈第一次发现自己怀孕时,非常激动。她认为那会让她的生活走上正轨。她们的爸爸耸耸肩说:"她认为我会放弃这样的生活。我会搬回城里去。永远不要认为这是你们的错,因为要怪就得怪躺在这儿的这位。我帮不了她。我总是告诉她我有我的工作。我有这么多工作要做。"他的嗓音像沙子一样干。

他们回到城里以后,父亲把一切都安排好了。他带她们去见她们的社会工作者。他解释说,他没能力抚养家庭,他有过一次机会,但失去了这个机会。凯思林显得疏远而冷漠,她告诉他:"我们没事的。不要因为我们而改变你的计划。"洛兰什么也没说。当时她连看他一眼的勇气都没有。后来,那名社会工作者找到了她们的养母莉莎。

把她们交给莉莎的那天,他说他永远不会忘记她们。洛兰说她也不会忘记他。说这话时,她没说谎。爸爸,连同他身上的广阔的野外气味和在简陋小木屋里睡觉的生活方式,永远不会消失。他永远在她们的记忆中。但是,妈妈以及她那一头蓬乱的金发已经开始在她的记忆中淡薄。洛兰想回忆起妈妈的脸时,那面容似乎已难以显现出来。

当父亲把车开走,把她们留下的时候,洛兰知道她会永远记住这一刻——车后冒出一股白烟,他的左胳膊伸在车窗外面,招了一会儿手,车便开出车道,开出了视野。

洛兰和凯思林在她们家的房子前面整整待了一天。到了四点钟，人们开始下班回家。他们快速地在人行道上走着，跨过凯思林伸出的光腿，眼睛看着别处。洛兰疲劳地躺在邮筒旁，一只手遮住脸。凯思林用眼睛上下搜索着这条街，双手放在腰间。她看到一辆车转弯开过来。那是一辆白色的小型敞篷货车。洛兰坐起来，她的心怦怦直跳。

"她是不是和爸爸一起来了？"凯思林说着，走到路上去，"那是不是她和爸爸一起在车里？"

在下午的阳光下，她们爸爸的车浮动着开过来，到了她们的房子前面放慢了速度，然后又加快速度。洛兰坐在人行道上像是生了根似的。白色货车从她眼前游过去，但她马上就发现副驾驶座上是空的。凯思林跳上跳下地跟在车子后面，两只胳膊不停地挥动着："停下！快停下！我们就在这儿！"爸爸立即踩刹车。洛兰看到的则是慢动作：他的头先向前伸，然后转过来，他的眼睛透过玻璃看上去显得吃惊、警觉。

凯思林不得体地站在路上，手像大人一样举起来。父亲透过车上的挡风玻璃盯着她们看，显得有些迷惑。"嘿呀，真是的，"他走下车来说，他微笑着，但脸色看起来很是警觉，"你们这是回来看老家了。"

凯思林没动。她在用眼睛搜索车子里面。

"这房子快塌了,是不是?所以我们搬出来正是时候。"

一辆车从车道里开出来,很小心地绕过他们。

"那只是个笑话,"父亲嗓音很低地说,"凯思林,我是在跟你说笑话呢。"

她点点头,眼睛还是朝他身后看。"我们没钱了,"她脱口而出,"连买个冰淇淋筒的钱也没了。"

洛兰盯着他们站在人行道上的脚看。

"今天是妈妈的生日,你知道吗?"凯思林神经质地笑着说,"等她等得好辛苦。她今天戒酒。我就想叫她快点来。"

她们的父亲看看她,又看看街对面的两层楼高的房子。他拉起凯思林的一只手。两人一道走到洛兰坐的地方。洛兰从没见过他穿得这么正规:上身一件花呢上装,下面是灰色的便裤。他的脸被太阳晒得很干,在阳光下显得很黑。当他蹲下来,把手放在洛兰的脸上时,她可以看到他手心缝里有泥,又粗又深。"在莉莎那儿怎么样?"他问她。

"他们挺好的。"

"莉莎很会烧饭。"凯思林说。她把小指头举起来放进嘴里,吮了下那里的皮肤,点点头。"她不知道我们在这儿。"

"那我们应该给家里打电话,让莉莎知道你们很安全。"一连串汽车嘟嘟嚷嚷地开过去了。他看着她俩说:"从我上次见到你们,到现在一定快一年了。你们都长大了。"他用鞋子在路边镶边石上蹭了一下,看了眼手表,然后坐下来,"我不再到城里来了。我工休的时候,会乘渡船过来。我开车从我们老家过,只是为了确保房子还耸立在这儿。"

"你要告诉我们,你不能不回来看看。"凯思林说。她的嗓音听起来很冷淡,而且带有嘲讽的口气。她从土里抓了一把草。

他尴尬地笑着说:"这房子我是不能不看,但又不能看。"

洛兰把自己的膝盖提到胸口,背靠着邮筒。凯思林把草撒在自己的皮肤上。

"那里面有个女人,"凯思林指着房子,告诉父亲,"我们看见她在电话上说个不停。"

"她丈夫买了这房子,一下就买走了。他好像是个医生。"他站在那儿,两手不停地把裤子抹平。然后,他迈着大步快速地走过街道,又看了看房子。"我不喜欢那些花,"他走回来时说,"杜鹃花,像雨水一样普通。"

"可妈妈喜欢这些花。"凯思林说。

他看着她,然后把胳膊交叉在胸前,像是在保护自己。

"她过去常站在那儿,就在花旁边。"

"对,"他说,"这我记得。她特别喜欢这些花。"

"过去她身体不舒服的时候,我常常采些这种花,把它们放在厨房里。我保证这事你不知道。"

他摇摇头。过了一会儿,他说:"我很高兴你为她做了那些。"

凯思林没再说话。

她们的父亲在路边镶边石上坐下,坐在她们旁边。"我知道今天是她的生日。她这人从来不庆祝这个日子。"他对着房子点点头。"你们说的那位女士又出现了。"那个金发女人又出现在窗口,她在整理饭桌准备吃饭。一个男人和一个小孩坐下来吃晚饭。

凯思林的身子向前靠,眼睛盯着他们看。

从他们身边开过的车弄得灰尘四起。她们的父亲开始说些什么,抬起头,但过了一会儿就什么也不说了。他把几根手指在路边镶边石上张开,他的眼神不可捉摸,然后他又抬头看着那像图画一样的窗口。

有一次,在她们搬进莉莎家不久,洛兰醒来时看见凯思林在她身边,也睡在双人床的下铺,她们像失散的亲戚一样用胳膊互相搂着。洛兰躺着不动,屏住呼吸。她不能理解她俩怎么会这样紧抱在一起。她把凯思林捅醒,问她。可凯思林把眉头皱成一团,好像她也在设法记起这是怎么回事。

"你在做梦,"凯思林最后说,"你在做梦,还在说奇怪的事。"

"哪种奇怪的事?"

"你翻来覆去,还叫妈妈。"

"不会的,我没那么做。"

凯思林耸耸肩。她松开紧抓在洛兰肚子上的那只手。"你不必相信我。我只是在试着帮你回忆。"

洛兰深深地吸了口气。她告诉凯思林自己脑子里想的是什么:"妈妈死了。"

"别那么傻了,"凯思林马上冲她喊了一句,"如果你相信那是真的,那就会是真的。"

三天前,凯思林醒来时感到喘不过气来,嗓子里发出呼哧呼哧的声音,眼睛里满是泪水。洛兰站在下铺,伸出手来要碰她。后来,莉莎来了,把手放在凯思林滑滑的背上。莉莎摇晃了她几下,可凯思林一遍又一遍地说:"走开。"尽管她抓住莉莎的手腕,手指的压力把莉莎的皮肤都弄白了。"走开。"她低声说道,但说的话已没有意义了。这些话在她们房间的上方浮动着,下面就是莉莎和凯思林两个人,她们正在双人床的上铺推推搡搡,她们的头擦着天花板。洛兰站在地板上,她的手正在向上铺够。她心想,说的话已没什么意义,特别是她们说的话。这些话提到这些字:酗酒的人、创伤。可是,这些字从来不跟她的生活有关系。与这些字有关系的是她妈妈那漫不经心的微笑、她那受酒精损害的脸和她手里的手提包。洛兰记得一场发生在炎热的六月夜晚的风暴。她们从室内观看风暴，把整座城市变得灰蒙蒙的，然后就停电了。她记得看见母亲的嘴，干裂的嘴唇张开要说话，说关于风暴的话，说随便关于什么的话，但是说不出来。草坪上，树被吹得向前摇摆，向东面倾斜。

他们三个人在人行道上，好久没说话了。太阳开始下山了。街上很静，冷风把树吹得沙沙作响。父亲看看她们，又看看房子，反复这样来回看。他说这话时嗓音很低："我认为我能够理解你们为什么在这里。我无权说这句话，可是，我不认为她会再回来。"

凯思林抬头看看父亲，然后，她把脸转过去，好像那样她就能不再听下去了。

"上天有眼，我也一直在想她，"他把自己的手折在一起，放在膝盖上，像是怕它们跳走似的，"我和你们一样，想要她回来。也许她或迟或早会回来的。"他看着凯思林的表情。"也许她今天就会回来。"他温和地说。他向后靠着邮筒，两个肩膀向下塌。"我们在树林里也喝酒。也许你们的妈妈会喜欢那种生活。但我想要她戒酒，振作起来。我从来没想到她会离开。我从来没想到她就这样走了。"

他的眼睛盯着路那边的房子,不知道说什么好。她要么现在回来,要么永远不回来,或迟或早,洛兰想。她还在看着街的尽头。一个女人在向她走来,她可以在脑子里看到这个图像。她可以看到他们四人在路中间拥抱,抱头痛哭,可又一点不像在哭,倒像是在干其他事。她看了看姐姐。凯思林坐在她们的父亲身旁,把脸埋在两个膝盖中间。

洛兰的爸爸用胳膊搂着她俩。他坐在凯思林旁边,他把胳膊伸长,在搂着凯思林的同时,用手指去抚摸洛兰的肩膀。凯思林现在哭了。她说:"是我让她走的。我看见她走的。我知道。我知道她要离开我们。"

她父亲说:"嘘,别说了。"

"大家都怪我。"她告诉他。

"没人怪你。"

她用手捂着脸,眼泪从手里流出来。"你难道不怪我?"她问洛兰。

"对,"洛兰说,"我从来没怪过你。"

她们的父亲一次又一次地来回转头,好像要使头脑清醒点。"我无法拯救你们,"他说,"我实在没办法。"

洛兰看着他的脸说:"我知道。"

凯思林的眼神很不稳定，充满痛苦。那双眼睛看看洛兰，然后突然看看街上，又突然转向洛兰。那条街无边无际地延伸下去。她们的父亲依然用胳膊搂着她们，像是在用最后一根线把她们拽回来。

他们一直等到天黑，然后她们的爸爸开车送她们回家。天空非常晴朗。在这座城市的另一端，人们在举行庆祝活动。成千上万的市民沿着湖边正在看焰火。他们在一条浮动的木筏上点火，火炮飞上天，焰火便从空中下雨似的落下来。洛兰从车里看不到焰火，但可以听见爆炸声。几秒钟就爆炸一次，像是大炮在朝他们射来。她们的父亲开车从小街小巷走，车开得很慢，注意让行人先走。凯思林与他一道注意交通。他们一声不响地开着车，不时地抬头瞄一眼焰火。洛兰拒绝看焰火。在她的脑海里，她在看着一个穿长大衣的女人。在这个夏天的夜晚，穿那件大衣很不合时宜。女人吊丧似的站在房子前面。她在赞赏前面的花，想念她的孩子们和丈夫。有过那次风暴，还记得吗？树都向东倾斜。树在弯腰，她觉得自己在树丛中跑。那些树在叫她——世界上叫她的东西太多了。她喝酒是为了消除悲伤。但是，当她站在这栋房子前面时，她便想起她的孩子们和丈夫。她想象着她们怎样一道爬上他的车子，他怎样安慰她们。这样，当他们离开时，当他们转身离开房子时，他们全部的悲伤就都留在那里了。这个图像不停地在她眼前浮现着,她永远离不开这房子了。她正从一辆公共汽车上下来。她正在街角等着交通灯变换颜色。那辆小型敞篷货车在空空的街道上飞驰,可她还在那儿。

子弹头列车

哈罗德

哈罗德还是个孩子的时候,就常常通过放风筝来消除忧愁。早上,他沿着居民区的街道骑自行车。在这些街道上,冬天的小雨把柏油路面洗得发亮。他在街灯下骑着自行车,骑过很多满是雨水的小坑,一路骑到湖边。他在草上让身体滑下车,把自行车侧过来放倒,车子的前轮还在旋转。

哈罗德放开卷着的绳子,一边跑,一边向后看。他善于让风筝高高地飞在空中,还善于把风筝斜过来在湖上飞。风筝先是向左飞,然后就直过来。哈罗德把绳子放松,然后再拉紧。可他一直在想天会不会下雨,湖面会不会上冻,再就是他妈妈怎么会把零钱存在一个红色的金属盒子里。他不知道要在大海里游多远才能亲眼看到磷光现象。他认为自己能一直游下去,从鳟鱼湖的这边游到那边,再游回来。他爸爸游泳也很棒;他总爱提起他在大学里曾参加过游泳比赛。不过，那是很久以前的事了，年数太久，数都数不清。他爸爸会说，那是驴年的事了。

半小时后，他让风筝下降，看着它慢慢地落在湖面上。然后，他很快地用转轮把绳子收起来，就像钓鱼一样。他看着风筝从水面上擦过，直到它回到他身边，碰到他的鞋子。他捡起风筝，用双臂抱着，那鲜黄色的布料还是湿的。

在回家的路上，他躲着路上的汽车。他自行车骑得飞快，小水珠纷纷从车把上和湿的轮胎上飞起来。他骑上小路，一直骑到他家前门。他把自行车放倒在草上，迈着重重的脚步走上台阶。他手里拿着风筝，直接走进弥漫着咖啡味的厨房，去享用爸爸的"著名早餐"。叫它"著名"，爸爸说，是因为这早饭乏味得不能再乏味了。每人两片烤面包片，一碗没搅均匀的麦片粥。

爸爸弯下身来拍拍他的头，然后他俩面对面地坐在桌子旁，大口吞下早餐，爸爸便冲出门去上班了。

哈罗德九岁了，他感到自己总是要蹑手蹑脚地过日子。一天早上，他悄悄地下楼把咖啡烧上。走过妈妈的卧室时，他尽可能悄悄的。因为门没关严，他可以看见妈妈盖在毯子下面的消瘦的身体轮廓。在厨房里，他跨过爸爸的身子。爸爸仰面躺着，头和身子都在水池下面——他正在修理水管。哈罗德开始煮咖啡，然后听到爸爸大喊道:"这次别他妈的把咖啡煮得那么淡而无味!"

哈罗德想到他的祖母,想到她那柔软的、满是皱纹的胳膊和总是水汪汪的眼睛。他想到鳟鱼湖上下的雪,雪花在水面上化掉。他想到《国家地理》杂志上的大象照片,它们的眼睛好悲伤,眼袋好大。

"给我拿一杯水,好不好?"爸爸从水池下面传上来的声音有回音。

哈罗德走进浴室,打开水龙头。他想到原住民的捕梦器,那网和珠子织在一起,里面保存着他最秘密的愿望。

或迟或早,他爸爸会在周末要他爬梯子上房顶。那是一种惩罚。如果哈罗德忘了把洗碗架上的碗盘放好,或者他在沙发上睡着了(下午他常常这样睡着),爸爸就会发脾气。他会把手指着房顶:"快去想想这些事。走开,到我看不见你的地方去坐。"

今天是星期六,早上哈罗德忘了买煮咖啡用的牛奶。爸爸向他要回钱的时候,哈罗德找不到钱了。爸爸拉着他的胳膊,把他拖到后面的草坪,顺着木梯把他推到房顶上去。哈罗德有恐高症。他吓得不敢站起来,只好用四肢趴在房顶上。他可以从上面看到邻居的男孩子们都在后面小巷子里,在绕着他家的房子骑车。他们在柔软的碎石路上玩只用自行车后轮着地转圈的游戏。"嗨,哈罗德!你又在房顶上蹲禁闭了?你下不来了,是不是?"他们笑起来,把他们的自行车前轮翘起，姿势优美地用后轮跳动。"喂，我什么时候能上房顶？是不是该轮到我了？"

哈罗德的父亲正在花园里除草，他大声笑起来。"只有哈罗德，"他告诉他们，他跪在地上，满手都是泥土，"可只有哈罗德不想在房顶上待着。"

哈罗德从房顶上向下看后院的草坪，他看见父亲结实的身体在从地上爬起来。他才九岁，从生下来他就恐高。他最想干的就是在小巷里来回骑自行车，在园子里和爸爸肩并肩地站着，两人的四只手里抓满野草。哈罗德的肚子朝下，趴在房顶上，面颊贴在瓦片上，脑子里在想日本的子弹头列车正飞快地横穿日本全国。樱花正在房前的街上盛开。有人描述过心吊在喉咙口的情形，哈罗德现在就体验到那种感受。他想妈妈，想她想得发疯，尽管她就在那儿，在房子里。她梳着一根很粗的辫子，走起路来辫子摇摆着。这些日子，她很少迈出卧室。

上个星期，他曾在自家的房子里一个房间一个房间地走过，胸口感到有些疼。他到自己的衣柜里拿出衣服：三条裤子、一摞T恤衫、毛衣、袜子和短裤。他把这些衣服整齐地分成几堆放在床上。书只有一本，就是他那本翻旧了的百科全书。父亲进来看他在干什么。当看到床上那么多堆衣服时，他问，这些衣服是干什么的？

哈罗德说:"我要离家出走了。"

爸爸靠在门框上。

哈罗德坐在他的衣服旁。"这些衣服是我要带走的。我要把剩下的留在衣柜里。"

"你要离开很久吗?"

哈罗德点点头。

"我说啊,"爸爸说着,给自己清理出一块空间坐下,"干吗不给你自己几天时间?看看情况怎么样。我想,也许,情况会好转。"哈罗德嘴闭得紧紧地坐在那儿。爸爸转过身来看那些衣服。"是不是现在先把衣服放回衣柜?"他看着哈罗德,他的表情很痛苦。

哈罗德照爸爸的话做了。所有的灯都关了以后,他一动不动地躺在床上,听房子里有没有变化。他希望到了早晨,妈妈又能起床,到处走动。

现在,他坐在房顶上,看着邻里的男孩子们。他朝下看去,看到爸爸正弯着腰在弄蔬菜。哈罗德想起所有的偶然时刻:妈妈的车祸、她胸口疼的毛病,还有她那个地方长的癌肿。他总是想,如果他们给他自由,如果他有世界上所有的时间,他会成为一名伟大的跑步运动员。就是那种马拉松长跑运动员,从纽约或芝加哥跑到伤心山,还继续跑下去。就像妈妈说的,那运动员瘦得皮包骨头。那样的男孩不管怎么吃,营养都不能保证他能不停地跑。

天开始下雨了。哈罗德的爸爸爬着梯子上来了。他用手托着下巴，在房顶上向前倾。"我知道你很不喜欢在这儿，"爸爸说，"但是，这样会让你更坚强。今后你生活中不管出了什么事，你总会有取之不尽的力量。"

我会吗？哈罗德心想。他让爸爸帮他下来。

他们一声不响地做火腿三明治当午饭。然后，他们把三明治拿到客厅，把盘子放在膝盖上吃。他注意到爸爸的肩膀下塌，他的膝盖僵硬。哈罗德也学着爸爸的样子：他把脊梁像爸爸一样弯下来，把两只脚略微分开。如果妈妈这时下楼来，就会看到他俩，这会让她感到好笑。她会先忍住不笑，然后大笑起来。"看你们两个。"她也许会说。他真想听听妈妈的声音！她和他一道在鳟鱼湖边散步时，她对他说："你看，全在于细节。你一旦把细节弄对了，风筝就会自己飞起来。"她调整他的手腕，先朝天上看，然后再朝远处去看他正在往回拽的风筝。她还向湖里扔石头。她说他的风筝飞得"不错，挺不错的"。她死后，他要拿她的红色金属盒，就是她那个装零钱的盒子。那盒子已装满钱，可他会让它永远满满的，他一分钱也不会用。

哈罗德十岁的时候经历了他所认为的人生的转折点。他脸朝下，趴在房顶上。那是妈妈的葬礼以后好几个月。她去世前告诉他，生活不会再跟过去一样了。她说这话时的嗓音就像她在寒冷的夜晚被关在户外整整一夜以后所发出的声音。那声音颤抖着，听上去筋疲力尽，但她还在对他微笑，告诉他，他长大后会是个好人。哈罗德点点头，但不敢看她。他闭上眼睛，脑子里浮现妈妈在鳟鱼湖边和他手拉着手一道走路的情景。他正视着妈妈的脸，说："我永远不会忘记你。"

他的生活完全不一样了，唯一一样的是他现在又到了房顶上。正值夏天，他可以看见热浪使地面变得模糊不清。往下看，爸爸正坐在草坪椅上，从塑料瓶里喝水。房顶上的瓦片烤着他的胳膊和腿。他忽然感到浑身一阵不舒服。他小心地翻过身，把手脚伸展开来，面对着天空。一架飞机正从云层里降低高度。他认为飞机能看见他。它会放下一根绳子，他会像詹姆斯·邦德一样抓住绳子，抓住不放，吊在空中荡来荡去。他想象着飞机里飘出一组呈现出花形队列的跳伞运动员，风在他们的脸上压迫出惊讶的表情。

哈罗德又转过身，用四肢把自己的身体撑起来。他慢慢地顺着房顶的斜面往下爬。因为他看不见地面了，就用眼睛盯着自己的双手。没人在看着他。他向后爬，时刻期望房顶到头了。当他的身子开始向下滑时，他不害怕。就连当他的胳膊肘被屋檐边的排水槽刮青、他的胳膊飞快地与他的身子分开、好像他整个人要分裂时，他也不害怕。这下一切都完了，他想，他身体的全部重量都留在房顶上了,只有他身上最轻、最强的那部分在空中翻滚。

哈罗德睁开眼睛,看到后院和家里的房子。他听见踩在草上的脚步声。他坐起来,看见人们向他跑来。

*

哈罗德一生中的大部分时间,每次与女性打交道都会感到害羞。自从搬出父亲的房子以后,他总是独往独来,靠做修理工和勤杂工一类的活计维生。二十年来,每天晚上哈罗德会做下列三件事中的一件:读书、看电视,或听广播。他会乐于去完成每天惯常的任务。然后,有一天他会遇见希雅,生活中的一切都会改变。

有一天,他会在他们十七楼的公寓里在希雅的身边醒来。他会发现自己的嘴张着,紧贴着她的脖子。他会回想起一只小动物,做着梦,吃着食物。客厅里,希雅的女儿约瑟芬会在看电视。哈罗德会听着她的脚步沉重地走到厨房,又走回来。哈罗德连自己都感到吃惊。他会想,我醒来就进入了梦乡。我在梦中创造了整个家庭。

起初,希雅和她的女儿吵架时(她们经常吵),哈罗德会尽量不介入。他会假装看书。一天晚上,他会偷偷看她们一眼:希雅像铁钉一样硬,约瑟芬则感情冲动,说话尖刻。她俩总是对着吵,喊个不停。哈罗德瘫坐在沙发上,后悔自己没能早十五年遇上希雅。约瑟芬就像他的亲生孩子一样。

这次她们吵得比哪次都厉害。约瑟芬的眼睛又红又肿。"我恨,我恨这里。"

"你疯了?你根本不认识那个男孩儿。"

"我们想搬回东边去!"

"绝对不行。"

"让开,"约瑟芬会说,双臂抱住自己的身子,"哈罗德,告诉她,你能理解我。告诉她我想搬到多伦多去。"

"不行!绝对不能和那个男孩儿一起去。听我的。我说这话是有亲身经历的。我过去也和你一样冲动。"

"我们要结婚。"

"这太可笑了!你们俩还是孩子。"

"哈罗德!"希雅的女儿会躺在地板上,"告诉她。让她明白。他要搬走,我要跟他去。要不,我就死。不和他在一起,我受不了。"

哈罗德会站起来,朝她们走去。他记起有一次他看到一个魔术师躺在满是铁钉的床上,可他一直笑个不停。那人竟然一滴血都没出。哈罗德会想如果下定决心,他也能那样做。想到他所做过的那些似乎不可能的事,他会走向他的妻子和女儿。他会意识到,现在的他已距离那个伤心地坐在房顶上的男孩儿很远。举起手来去够房顶，他会感到心里有些疼，可希雅会从房间的那头走过来。他的身体会变得如此之轻，她竟会用她的胳膊把他抱住。他会看见她脸上的表情，她吓坏了。简直吓坏了。可哈罗德一点也不感到害怕。他会用自己全身的力气抱住她。

希 雅

希雅去年遇见哈罗德时，整整比他小十岁。希雅是一名社区护士。她开着政府的面包车到处去发消过毒的针头和避孕套。她开玩笑地称自己为"保护女士"。她的面包车里有一摞小册子和传单。她有时在这些纸上给哈罗德写条子，还在乙型肝炎介绍材料的空白处列购物单。

希雅把头发散披在身后，她的头发已快长到腰间。她的嘴角周围已出现很细的皱纹，她的头发已开始有一根根的白发。这些白发从她的前额向后散射，有些银丝哈罗德可以用手拔掉。

"你干吗费事去拔它们？"当哈罗德用拇指和食指捏出一根白发时她问。

他微笑了一下，那是个男孩子的微笑。她用胳膊搂住他的腰，他们正坐在沙发上一起看电视。他们在看节目《价格猜猜猜》。看到一个中年男人在转中彩大轮盘时，希雅神经质地咬着自己的嘴唇。"快大赚一把。"希雅一边说，一边捏着哈罗德的手。她坐在电视机的正前方，不禁想起她过去躺在父母地下室的褐色地毯上，看《离婚法庭》和《多纳休》等电视节目的日子。她十六岁时，经常躺在那儿，计划自己生活的种种细节，诸如：她会有什么样的婚姻、什么样的孩子、什么样的个性。

她和同事贝蒂开着社区面包车到处转的时候，她的眼睛盯着吸毒成瘾的人和年轻的姑娘们。她似乎眼见着那些姑娘变老。她们的皮肤一下就干了，她们的头发变得缺少生气了。如果她是童话里的魔笛手，她会把她们都带出这座城市，越过瀑布山脉，走进充满田园风光的山谷。如果当她还是个十几岁的少女时没有沉醉在《多纳休》电视节目里，她现在会在这里，在这些街上工作吗？想到这里，希雅笑起来。居然想到是脱口秀铸造了她的生活！这太荒诞无稽，但这是事实。

在她刚与哈罗德有关系的那段时间里，他们曾开车到码头去看码头装卸工人把乐高积木似的集装箱装进货轮的底舱。那是个阳光灿烂的下午。希雅告诉哈罗德："我的记性特别好。这可能与我做的工作有关。别人告诉我什么我都能记住。我就把别人说的事打包装好。我很会保密。"

"可我没有任何秘密告诉你。"哈罗德说。

她点点头。过了一会儿，她问："你信任我吗？"

"是的，我信任你。"他说。他的脸看上去很累。他的身体太消瘦，衣服太大了，大得挂在身上，两侧还有许多褶子。

"这很好，"希雅抓紧他的手说，"因为你告诉我的任何事我都永远不会忘了。我会永远记住。我会永远记住你告诉我的所有事。"

希雅出身于一个很好的家庭。她爸爸是律师，他说话时喜欢叫喊。"学校里怎么样？"他常常叫着说，"你今天什么也没学吗？"她妈妈是名护士，总是把身体向前倾，好像总是在对别人向自己发起的进攻作防卫。她低声对希雅说："你涂口红了？谁给你的口红？"所以，希雅说话时对着她爸爸大叫，跟她妈妈耳语。十六岁时，她曾把自己诊断为精神分裂症患者。

"我常听见不同的声音。"她对爸爸说。

"你说什么？"

"我听见各种声音，"她像个巫婆似的跳着舞，"呜——！呜！知道吗？各种声音。"

"这太可笑了！"

她妈妈在厨房里忙东忙西，嘴唇嘟圆，像是一直在说："嘘……"

渐渐地，希雅的嗓音变得像打雷一样响，这样才能让他们听见自己的声音。晚饭桌上的谈话就是打仗。

"你们绝对不会相信我买这芦笋花了多少钱。"

"把芦笋递过来!"

"一磅。这个世界是不是发疯了?"

"给你,爸爸。你都吃了吧。"

"你们绝对不会相信那超市的女售货员对我说了些什么……"

"你说的是不是那个在收银台一脸懒相的女孩子?"

"她说我应该放下有钱人的臭架子,走到后面去排队。你相信她会说这话吗?"

"那些话是从她脑子边上的口子里流出来的。这说明她脑子不正常。"

"一点不错。我听了以后,只是张着嘴,吃惊地站在那儿。"

"他们现在不是能对她那种毛病进行手术治疗吗?"

希雅十二岁时曾问她妈妈是不是非常爱她爸爸。她妈妈皱起眉头说:"这是个很难答的问题。你想听我诚实的回答吗?"

希雅点点头,做好了最坏的思想准备。

"感情是不固定的,"她妈妈小声地说,"有时我爱他超过爱任何人。有时我根本不爱他。"

十六岁时,希雅坠入爱河。那是她的初恋,她被爱冲昏了头脑。那男的三十一岁。他是一名直升机驾驶员。他一年到头为西摩山搜索救援队工作,他的任务是搜索地面,寻找失踪的人。到了晚上,她会和他坐在一起。他的卡车停在空无一人的学校校园里,她在车的前座与他谈情说爱。方向盘在他们冬季苍白的皮肤上留下痕迹。这样爱了几个月后,希雅决定带他回家。她先把他推进她的窗户,然后推上她的床。她把自己的食指贴在他的嘴唇上,问他是不是敢在她少女的床上与她性交。他抗拒不了这个诱惑。希雅从来不知道她的身体能做那样的事,她的脸显露出惊吓,看上去既痛苦又幸福,她的手使劲地按住他光着的背,她相信自己身上某个未知的部分破裂了,要离她而去。她瞄了一眼她身上那个部位的影子和它气喘吁吁要逃走的样子,她知道它这一走就再不会回来了。

当她的直升机驾驶员在她身边睡着时,她决定不把他叫醒。她抱着他,用自己的手指在他的胸膛,并沿着他的大腿描画图形,然后在自己赤裸的皮肤上继续描画。早上,她听见妈妈起床的声音。她听见淋浴开关打开的声音。听着妈妈渐渐逼近的脚步声,她的心跳到了喉咙口。希雅脑子里想象出这幅图画:她十六岁的身体和这个浑身是毛的男人缠在一起。她闭上眼睛。卧室的门被一下推开。妈妈向屋里迈进半步。希雅的心跳声震耳欲聋。沉默持续了好一阵。然后妈妈就把门关上了。希雅听着妈妈在走廊里远去的脚步声,接下来是断然的"咔哒"一声——妈妈的门关上了。

希雅感到极度的欢乐和失望。看到了吗？她想哭，我彻头彻尾地爱他。这是可能的。我就这么爱他。我就是这么爱他。她一动不动，躺在床上，已经开始想念自己的妈妈。她的直升机驾驶员打着鼾，睡得很香，几小时以后才醒。

怀孕从来不让希雅感到恐惧，即使是当她把自己的东西装进箱子里的时候。她曾经带着这个箱子去过夏令营，并在德国待了三个星期。她离开了父母的房子，离开了地下室那悲伤的、褪了色的地毯和电视机。她搬进了一个供未婚母亲栖身的住所。

她的直升机驾驶员帮她搬运她的箱子。他愁容满面。他曾谈到自己如何从直升机上向下看，试图在一片白皑皑的雪地里发现一件颜色鲜艳的上衣、一块油布、一缕烟火。一旦发现什么，他就瞄准目标，采取行动。直升机会像受伤的鸟一样在空中摇摆，失踪的人会伸长了胳膊，眼睛望着天空。希雅躺在他的怀里，想着她要赶快长大才能保证他幸福。说到底，她太年轻了，可现在快要生孩子了。生活在与她一道离家出走。几个月前，她还在设法理清三角、正弦和余弦之间的复杂关系。可现在，她在阅读有关照管新生婴儿的书。她在看有关水下生产、接生婆、呼吸等方面的录像。和她住在一起的其他几个女孩已拿到她们婴儿的 B 超片子。希雅把那些片子对着光，仔细研究。这个婴儿就像是她。她在一片朦胧之中，正在等着出生，希望生下来以后就会变得头脑清醒而富有决心。

做B超的那天，希雅在诊所等他来。很晚也没见他来，所以希雅做B超时他不在场。她的婴儿的两条腿包着脐带，像深海潜水员一样上下浮动不停。做过B超后，她坐在诊所的台阶上，无意去搭理放在膝盖上的B超片子。一阵大风可能把它刮走，给它自由。开始下雨了，她便走回家去。门上没见到贴给她的留言。她拨打他的电话号码，她的手指在号码转盘上滑来滑去，可是没人接。希雅翻阅报纸，寻找有关爬山的人在山里失踪的报道。她希望有架直升机在空中，等待着有人在绝望中用悄然无声的油布和烟雾缭绕的篝火求救。她未来的丈夫在空中摇摆，直升机发出"突突突"的响声。

一天，她走出住所去外面活动活动腿脚。回来时发现有张他的留言和一个礼物。一只镀银的手镯，价钱不会超过三十元。这类东西一般是人们在赶飞机出城之前，急急忙忙地在机场购物中心买的。她把那张留言放在胸前，尽量让自己不去想他。可是，她清楚地记得他说过的每句话、每个字。

*

许多年以后，约瑟芬基本长大成人，哈罗德已经搬进她们在十七层楼的公寓，希雅会为自己的生活而感到吃惊。她会看着自己的女儿和哈罗德——她的奇怪而又任性的家庭——并会因此而心生恐惧。她会想，这都是一个人拥有太多所造成的麻烦。她不敢去想象失去已拥有的任何一件东西的后果。

有一天，哈罗德会在客厅里晕倒。虽然心里很害怕，虽然她已及时地抱住他，希雅会松口气，但是，她会想，如果哈罗德能在这一事件后幸存下来，他们就会还清一笔债——就会结束他们俩生活中的不幸福，就此向悲剧告别。在医院里，她会想，只需要十年的幸福。求上帝保佑，不管你是谁，只求十年的幸福。

在医院里，乔希[①]站在哈罗德的病床旁边，拉着他的手。她会问希雅："你一定吓坏了，是不是啊？"

希雅会点头，不敢说话。

"你真的很爱他，是不是？"

乔希会让希雅想起自己，特别当她问那些深刻的问题时，她那年轻人的智慧很像自己。她会偷偷地看女儿一眼，说："绝对正确。"

"这很有意思。你并不太了解他。"

"这是什么意思？"

---

① 乔希是约瑟芬的爱称。

"你才认识他一年。怎么变得这么亲密?"

她的女儿会让她一时哑口无言。那天晚上,希雅会开车经过黑暗的温哥华街道,前往鳟鱼湖。哈罗德小时候曾在那儿骑过自行车。然后,又去鲁珀特街,去未婚母亲之家。她会看到西摩山上的滑雪道灯火明亮,近处还可看到一排排的房子。深夜,她会把车停在公寓的前面。她在翻找钥匙时,眼睛会瞥到一辆熟悉的车。乔希会坐在车里。那男孩会向后靠着驾驶座的门,乔希趴在他身上,两手搂着他的脖子。希雅会感到自己的心停止跳动了。她会走下人行道,到树丛里去。她会躲在一排树后,站在那儿观察他们。

希雅会想起第一次抱乔希时的情形。乔希当时又红又瘦,一头厚厚的褐色头发。一只眼睛是睁开的,但只有一条缝。她的头发乱乱的、湿漉漉的。希雅把婴儿抱在自己的胸前,低声地哭泣着。她哭不是因为她在女儿那悲伤的、皱在一起的脸上看到她父亲的影子,而是因为她意识到尽管自己犯了许多错误,失败了许多次,走过弯路,现在总算有一件事她做得很漂亮。在那一刻之前,她从来无法理解这样的成功真的是可能的。希雅会背靠着一棵树,站在草地上。在车里,乔希会脱去T恤衫。希雅会盯着屋顶。她会站在那儿休息一会儿。等呼吸正常了,她便走进公寓楼。

约瑟芬

那是个天气晴朗的晚上。约瑟芬和妈妈坐在晒台上一边喝着混合水果饮料，一边眺望着眼前一大片居民住房和工业码头。最远处她们可以看到硫磺山和狮门大桥沿路两边的灯。哈罗德在公寓里看电视问答游戏《抢答》，他在大声地喊出自己的回答。

乔希小口抿着饮料。她从来不恐高。当她还是个孩子的时候，她就常常到晒台上来，把身子靠在栏杆上朝前倾，双腿高高地离开地面。那种刺激让她头昏，好像她的胃直接从她的脚底板跳了出去。

哈罗德从屋里大声问道："什么是阿尔萨斯-洛林？"乔希的母亲起身，用胳膊肘把门拨开，将身体挤进去。

乔希仍旧是背对着他俩。这时，西边吹来一阵劲风，她把两条腿缩在一起，抱在胸前。她在社会研究课上学到过阿尔萨斯-洛林。那是法国的小省份。可现在哈罗德不再吭声了，乔希的脑子里浮现他俩手拉着手坐在床椅两用的沙发上的情景。她知道他们俩从来没有自己的空间。他们住的是套一居室的公寓房。她妈妈和哈罗德睡在沙发上，乔希睡在卧室里。在哈罗德还没搬进来，只有她们两人时，妈妈总是先轻轻地敲她卧室的门，然后才把门推开，她满脸睡容，脸色苍白，披下来的深色头发在她走路时摆来摆去。乔希会把身上盖的毯子推开，妈妈就会爬上床来，躺在她身边。尽管乔希已经长大（她已十七岁了），她还是喜欢睡在妈妈身旁。她喜欢妈妈身上那种清洁的、消毒水的气味。尽管乔希已习惯哈罗德的存在——她叫他"老头"，他们在看同样的电视节目时会不停地发表意见——她还是怀念过去那种生活方式。

她已经数不清多少次她躺在床上，听着隔墙她妈妈和哈罗德性交的声音。有时乔希甚至把枕头盖在头上不去听那声音。她责怪自己，认为自己不该去听，称自己是个怪人、不成器的笨蛋。有一次，她还大哭了一场。她曾想过跑进客厅，大叫一声："别撒欢了！"然后跑回自己的房间，把门很响地关上。这事很让她气愤，因为应该是她有男朋友，应该是她把男朋友偷偷地带回家。乔希当时有个男朋友，但是，她认为妈妈爱哈罗德比她爱布雷德利爱得深。她妈妈才是那个少女，那个想入非非、喜欢乱涂乱画，并在厕所里没完没了地打扮的人。而乔希只是坐在沙发上生闷气，不停地变换电视频道，整天看电视，让自己厌烦得要死。

她把自己的腿跷在晒台的栏杆上。但是，她还是挺爱布雷德利的。她计划与他一道出走。他上个星期问过她。他想当演员。他告诉她在多伦多可以找到工作。从那以后，她便用新的眼光去看他，相信他的梦想能让她幸福。在这套公寓里，乔希认为自己会被淹死。虽然妈妈做出了很大的努力,但这公寓已和过去不一样了。现在哈罗德来了,家里的情况再不可能如同往常了。

乔希小的时候想当潜水员。她喜欢潜水员伸展开的四肢和紧绷绷的身体,他们的胳膊可以劈开水。她有点想从这个晒台上跳下去。当她跳离这个高层建筑时,她的身体会摆出完美的姿势。跳下去之后,她会顺着这座城市的背景,一直向前潜下去,她不在乎到底下面会不会有水。

妈妈对乔希做的最糟的一件事是让她坐在滚烫的洗澡水里。不过,妈妈可没说过乔希应该得到那样的惩罚。后来想起来,乔希觉得自己很幸运,因为她妈妈没发大脾气,没好好整她一顿。可事实是,乔希只是想帮妈妈的忙。

她拿了那只镀银的手镯,就是她那个直升机驾驶员爸爸给她妈妈的手镯。她把手镯拴在晒台上。她的计划很简单。她是在发信息,就像人们用电报、信鸽或祈祷旗发信息一样。当她父亲搜索大山时,他可能会看见手镯在晒台的栏杆上颤动。手镯可能会像干火花那样引起他的注意。吃晚饭时,她和妈妈会看见他的直升机在窗户外面盘旋,他的眼睛透过玻璃在寻找她们俩。

她用一根很长的线一头穿进手镯,打个结,再把绳子的另一头拴在晒台的栏杆上。手镯平躺在晒台上,但是一阵风刮来,它微微地动了一下。

乔希去学校的时候把手镯留在那里。她当时在上四年级。一整天她都在想手镯——她爸爸会从眼角里瞥见那闪亮的东西,这会使他改变搜索路线,寻找新的目标。可等她下午回家时,发现绑在晒台栏杆上的线松开了,手镯已无影无踪。

那天晚上,当意识到手镯不见了时,她妈妈走进浴室,乔希正在浴缸里洗澡。她拿出空的手镯盒。"宝贝,"她说,"妈妈的手镯呢?"

乔希把手放进洗澡水里。她低下眼睛说:"我弄丢了。"

"在哪儿弄丢的?"

乔希抬头看着妈妈,朝她投去一个最天真的微笑。"我把它扔了,"她耸耸肩膀说,"从晒台上掉下去的。"

妈妈把热水龙头开得很大,热水喷出来,一下子满屋都是水蒸气。浴缸里的水变得滚烫。妈妈开始哭了。"你这个可恨的孩子!"她说,"你没有权利这样做。那是我拥有的唯一一件他给我的东西。"水烫着她的皮肤,一直烫到骨头里去。乔希歇斯底里地尖叫着。妈妈又把另一个水龙头开大,水变得冰冷。然后,她把乔希从水里拉出来,她的皮肤又红又疼。"对不起。"妈妈低声说,她的愤怒全消了。她一再对乔希抱歉地说:"对不起,我真对不起你。"乔希真希望能有机会从头开始,希望她能一步一步地走回去,再把手镯拿在手里，假装什么也没发生。有生以来第一次，她用一种新眼光来看妈妈，她发现妈妈身上充满了爱与恨和让人难以理解的地方。妈妈在乔希的皮肤上涂上一种药膏，并轻轻地对着皮肤吹气，以此来减轻她的疼痛。那天晚上，她们俩睡在一起。不管乔希怎么动，妈妈都用手臂紧紧地搂着她。乔希无法挣脱妈妈的拥抱。

乔希自己也承认她并不怎么爱布雷德利。她挺喜欢他。她喜欢与他手拉着手，一道穿过空荡荡的校园。这使她胸口感到热乎乎的，似乎是用了大力气的结果。他直接称呼她的全名——约瑟芬，她认为这样显得她比实际上更重要。

乔希还是个小姑娘时，就担心妈妈会抛弃她。她后来听说，儿童普遍有这种担心。这是儿童对具有侵犯性的世界的最初意识。她记得她曾躺在沙发上问妈妈："你会不会永远照看我？"妈妈猛烈地点着头说："是的，我会永远照顾你。"

现在，哈罗德使她妈妈的眼睛又变得年轻了。这更让乔希坚信自己内心一直深信的事实，即她不该在妈妈的公寓里久待。她认识到自己身上有种坚强的气质像刀片一样锋利，想要得到解脱。倒不是多伦多有多么重要，而是她必须离开这儿，这是个重要的事实。不管是和这个男孩一起走，还是她自己一个人走，都不重要，只要她能离开就行。昨天晚上，她在绞尽脑汁给妈妈写张条子。她试着用不同的方式去说那话，可不管她写什么，听上去总是那么乏味。

乔希走之前，到橱柜里拿出那个装阿司匹林的塑料瓶。在棉花垫子下面有一卷纸币，那是妈妈的急救款，以防地震或其他灾难。乔希把钱装进口袋，因为她知道妈妈是为她准备的。她们过去把这钱叫作什么？叫作零花钱。这些字让乔希微微一笑。

她也给他们留下一些东西作为答谢：卧室、客厅、厨房和晒台从今以后都会归他们所有。一个失踪的孩子。她非常爱她妈妈，但是，那不是她可以在条子里写的内容。不管怎么说，他们不会相信她。他们绝不会相信乔希在这张条子里倾注了多少想法。他们不会相信她已经开始想念他们了。她在纸上写着她会很快给他们打电话。

哈罗德走进厨房时，看见她手里拿着钱，大背包搁在地板上，心里便明白了一切。他说："你如果这样走了，会伤透你妈妈的心。"

"她会恢复过来的。"她和哈罗德面对面地站着，像是西部片里的两个牛仔，两只手松散地放在身子的两边。乔希不知道是要作战，还是要逃跑。她把塑料瓶用盖子盖好，然后说："我已经试着想告诉她这件事了。你是听见的。"

哈罗德的眼睛盯着漆布地板看，看着自己那双穿旧了的拖鞋。"是的，我是听到你试着要跟她说的。"他说这话时，眼睛死死地盯着她。乔希在这一刻看到哈罗德小时候的情景：一个固执的小男孩，具备特殊的耐心，不达目的决不罢休。忽然，他让她感到惊奇："趁她还没回家，你现在就快走吧。"

她再不走就来不及了。她把背包甩上身，但背包太重，让她踉跄了一下。她不得不扶着墙才站稳。哈罗德帮她打开门，乔希很快地把脸转向他，在他脸颊上亲了一下。然后，她坐电梯下了十七层楼，冷静地走出玻璃出入口。她开始跑起来，右手拿着自己的外衣。草还是湿的，她的大衣拖在草地上。乔希想象着她的大衣在草地上拖着的声音就是妈妈在她身后奔跑的声音。妈妈拉着乔希的胳膊和腿，哀求她不要走。可乔希不知道该跟她说什么，所以她们俩就这样不停地跑，跑过停车场，跑过前面的草坪。她在出汗，大背包在她的肩膀上跳动，颇为痛苦。她的朋友，那个有着深色头发和褐色眼睛的男孩，站在那儿为她扶着打开的车门。乔希一钻进汽车，便想象着自己正从天空上掉下来，手里抱着大背包，背景里的高层建筑变得模糊不清。

*

到头来，乔希不会嫁给那个长着深色头发和褐色眼睛的男孩。她会离开他，离开其他十几个男人和女人，继续生活下去。十年以后，当希雅已是满头银发，哈罗德的体重增加了许多时，她会再一次回家，睡在自己过去的卧室里。但她不会久待。她很快就会离开，因为她体内有种感觉使她不能安定下来，她身上有种力量使她非奋斗到底不罢休。这么多年来，乔希会问自己："你不停地跑是为了逃避什么？"每次她对这个问题的回答都不同。"因为我能跑个不停"是她最喜欢的回答。乔希会告诉别人她从来就是我行我素，不受拘束。有些男人会认为她是在转弯抹角地要他们求她停下，要他们给她个理由扎下根来。他们会问她："难道你不想有个家庭？"她会笑着回答他们："我已经有了个家庭。"她会尽快地离开那些问她这个问题的人，一分钟都不耽搁。

当她站在高处时，比如晒台、吊桥、瞭望台，乔希仍旧有一种要向下跳的冲动。她相信自己的鲁莽。那是她唯一的信仰。

到她年纪很大时，她的足迹已走遍世界上大多数国家。乔希会告诉她的朋友，她爸爸曾经是个从屋顶上跳下来的男孩，她妈妈也曾经从直升机上掉下来。他们会认为她在说谎，但是，她永远不会告诉他们她所讲的故事里哪些是真的，也不会告诉他们其真实程度究竟有多大。直到她死，乔希也会一直想了解她的生父，想知道他一生中所经历的曲折和坎坷。她设法去想象他的直升机、他救过的那些人，更重要的是，他所失去的那些人。乔希一辈子都会想弄明白自己怎么错过了爱，而爱正是她离家出走的唯一原因和根源。当人们问起来时，她会说她最喜欢的国家是那个还没被发现的国家。

131

城市地图

我在离开家后的这么多年里,曾经在许多意想不到的地方远远地看见我的父母。我曾看见他俩在西夫韦商店里,我妈妈耐心地站在一边等着,我爸爸正在用手检查橘子的质量——掂掂重量,摸摸表皮,看看是否有瑕疵。我还曾看见他们在街对过的人行道上,隔着川流不息的车辆,他们显得模糊、苍老。在与他们偶然"相遇"时,我从来没有感到想跟他们打招呼。我只是想待在我所处的位置,从远处观察他们,看着他们年迈的身体慢慢地走过超市的货架。

当然,我所见到的从来就不是我父母。到这个时候,我父亲已从印度尼西亚回来,我母亲独自一人住在城外的一套公寓里。我已有十年没见过我父母在一起了。我所见到的一定是别的老年夫妻,面目模糊,表情慈祥。他们让我回想起我以为自己早已忘却的记忆。

我丈夫威尔曾说人的渴望会通过视觉表现出来。有人在小组治疗会上谈到在亲人去世很久以后还见到他们的经历。比如，看见父亲坐在他过去常坐的椅子上，看见姐姐在花园里。

我对威尔说，你所说的渴望不能解释我的经历。不管怎么说，我的父母还活着。

威尔说："死活与我所说的并没有直接关系。但是，可别太肯定你的经历与渴望无关。"

"为什么我不能肯定？"

"因为显而易见，你一直很想他们。"

我听后没立即回答，停了一会儿就微笑起来。威尔总是非常耐心。谈到一个问题时，他让我从各个角度去探讨，但绝不允许我回避。他能够容忍我所有的弱点，特别是我不愿与他谈起我的家庭这一点。

起初，他的容忍使我能够把全部精力都放在此时此地，也就是放在我们现在的生活上。现在回想起来，我感到威尔的大度，至少在一段时间里，还免除了我必须履行的一些职责。我问自己：我的家庭是不是对我有牵扯？有很长一段时间我都想说"没有"。我们将永远分开，直到最后。但是，后来我嫁给了威尔。我想到自己的未来，想到自己可能有的孩子，我感到情况彻底变了。是的，我的家庭是对我有牵扯，我这时才意识到。我的家庭对我的牵扯永远不会消失。我第一次意识到自己的生活一团糟。离家出走并没有像我想象的那样拯救我。

我父亲过去曾经拥有一家家具店。

这句话我可能对威尔说过,但我现在已回想不出我当时告诉了他多少细节。

我父亲过去曾经拥有一家家具店,家具店的名字叫"便宜商场"。店的门面整个是用玻璃做的。一顶白色的大遮篷在店门口上方遮挡风雨。我还记得小时候,上一年级时,我的老师特别注意到我。她说:"哦,你父亲是不是在开店?就是那家在黑丝汀斯街上的家具店。"

我自豪地点点头。即便当时,在我那个年纪,不管拥有什么都是挺重要的。沿着黑丝汀斯街有糕点店、熟食店、童装店、灯具店。我父亲的家具店就是其中一个,它在那一系列的商店中占有自己的位置。

到了周末,我就到店里去给爸爸帮忙。我把"打烊"的牌子翻过来。我们一道把玻璃清洁剂喷在前面的橱窗上。沙发是旧货,或是脱销家具,所以你花上十元、十五元就可以买张单人沙发,三十元钱买张长沙发。每当我爸爸成交一笔买卖,他就叫我把收据和找回的零钱交给顾客。我总是很自豪地去做那件事。

我当时六岁,常梦见电视里放的广告。在我的脑子里,我父亲是一家令人兴奋的减价零售商店的老板。我们的家具店"便宜商场"很快就会变得家喻户晓。家长们会向他们的孩子宣告：这个周末的活动就是去"便宜商场"。然后，全市正在吃麦乳早餐的儿童就都会抬起头来欢呼。我们当时住在伯纳比。从我们住的地方，沿着一大片住宅区到山下，到枫树岭和温哥华，大家都会拥到我爸爸的店里来，用肩膀扛走沙发，用胳膊抱走桌子。我父亲站在店门前，叉着腰，看上去很年轻。

我父母从印度尼西亚移民来到加拿大时三十岁。他们在温哥华开的第一家店是家餐馆，名字叫"日夜烧烤"。我父亲烧牛排和鸡蛋、糖醋肉丁和米饭，还有酱汁牛肉三明治。

他们到加拿大后不久就生下我。我五个月大时，医生诊断我患了肾衰。妈妈告诉我，爸爸在餐馆里当大厨掌勺工作了十二个小时后，还要开车赶到医院。他会径直冲进儿科病房，小心地避开挂在我身上的各种吊针、插管，把我抱在怀里。我父亲一手推着带轮子的吊针架，一手抱着我，在医院的走廊里走来走去。妈妈说我当时就认得爸爸。在他的怀里，我一声不吭。可他一把我放回床上，我就大叫大喊，十万分地不情愿。护士们抱怨说每次我爸爸离开以后，我就大发脾气，用小手把我的棉布毯子撕碎。我的一个肾被切除，出院时我刚一岁。餐馆倒闭了。

也许就是因为这件事，爸爸时常会说我毁了他的一生。不过，他说这话时从来不带恶意，也不是想要伤害我。只是就事论事，就像有人谈到天气变化，或是一个遥远的事故那样。如果有什么事让他感到烦恼，爸爸会慢慢地摇着头说："米里亚姆，自从你生下来以后，我的生活就变糟了。"他说这话时，脸上流露出一丝几乎察觉不出的微笑。

当我笑着把爸爸的这些话告诉其他人时，他们都不相信地摇头。我想，我能理解这些话在外人听来会是什么意思。可能听起来有些不近人情，残酷至极，可在我听来绝非如此。我和父亲之间总是有种默契。尽管他常说些话挑逗我，他对我的信任从未改变过。"这是我女儿，米里亚姆，"他见人就说，"她长大以后要给她父母买幢大房子。"

他说这些话时我会拉着他的手，脸上闪烁着自豪的光彩。

当然，爸爸从来不指望我给他们买大房子。他只是在说笑话，那是一种笑着说的旁白，告诉我他对我充满信任。不过，在我离开家后的那段时间里，我曾希望把他的话变成现实。我很想给爸爸买幢房子，想把能让他的生活变得完美的钥匙亲手交给他。那时他已独居了。那些年对我们家造成很大的损害，爸爸已与妈妈和我产生了隔阂。

我需要问问他："是不是我让你失望了？"但这个问题本身似

乎太简单了。他能给我什么答复呢？我们在许多方面无意识地让彼此失望，然后我们就各奔东西了。我父亲似乎让自己固守过去，可我不相信自己有能力引导他走到现在。所以，我总是与他保持一段距离，时常思考怎样才能使我们家的情况变得跟现状不一样。我应该是那种与我不同的女儿，具备我从来没有的能力，即忠心耿耿，千方百计地保证自己的家庭能在生活中的各种小悲剧中挺住，不散伙。

便宜商场过去装满了沙发，现在是家餐馆。从地板到天花板的落地大玻璃配上很漂亮的挂帘。那布料我妈妈认为是埃塞俄比亚的。还是日本的？有时我早上醒来就会想起那家店，但我能记得的不是店内的装潢，而是站在店门前所见到的铺面、落地玻璃、街景和街对过的景观。现在已很少见到这样的店铺了：一个家庭开的邻里家具店。

我小时候曾经装病要到店里去。一次，我踮着脚走进洗手间，用电吹风对着自己的脸吹。然后我走到父母的床边，两手捂着肚子，低声地说，"这儿疼。"然后，我听见妈妈问："肚子疼？"她用怀疑的眼光看着我。可是，爸爸总是相信我。他把自己的手掌放在我前额上，顿时脸上布满愁云。

我懒洋洋地躺在床上，爸爸送来鸡蛋华夫饼、一杯牛奶和一片压碎了的、像沙粒一样柔软的阿司匹林。然后，他打电话给我一年级的老师，告诉她我又病了。这样，我就不去上学，而是跟爸爸去家具店。

我们俩一道走过房前的草坪，冷草踩在我们的鞋子下面像雪一样发出响声。我双手捂着肚子，看着自己的呼吸在身前形成一个白色的风向袋。爸爸一道又一道地刮去挡风玻璃上的冰，清除冰块时他的身子横过来靠在车前，双臂伸开像游泳似的。他清完冰后，我们一声不响地坐在车里，看着冰像一个个小三角似的化掉，顺着挡风玻璃流下来。车里暖和起来后，爸爸说："行了。"我也答道："行了。"我们的车在草地上向前开。他沿着小巷子开出去，车后面的废气像一把大羽毛。我们的车笨重而缓慢地沿着黑丝汀斯街开过去，开过面包店、熟食店和灯具店。

到了店门口，我们冷得发抖，我站在人行道上等爸爸把钥匙插进锁眼里。门打开时发出一声铃响，随即便传来一股清洗剂的柠檬味。爸爸每天打烊之前都拖一遍地，那清洗剂的味儿就这样被关在店里一整夜。店里的沙发都像是在召唤我：从吱呀作响的躺椅，到天鹅绒椅面的双人沙发。我跑在爸爸前面，一头钻进沙发的迷宫。

沿着一面墙有个储藏室。储藏室没有门，可爸爸在开口处挂了道淋浴间的门帘。我生病不上学的时候，就睡在储藏室里。我的床是张塑料的草坪椅子。一旦有顾客进来,爸爸就拉上门帘,让我睡觉。

"爸爸,"我有一次看不见他到哪儿去了,便问,"你现在在干什么呢?"

"现在?我正在想象其他人一走进我们店里会看见什么。"

"干吗要想象那个?"

他沉思着停顿了一下。"我是这家店的推销员。我必须理解人们购买家具的方式。然后,我才能想办法让他们确信他们需要这张沙发或那把椅子。"

"噢,"我说,"那就像跟人争论似的。"

"是有点像,只是不跟人打架,而是要说服人。这是我这行的妙处。最好的推销员才能做到这一点。他们会保证让你同意他们的观点。"

他在店后面的办公桌上一直放着一台收音机,他和约翰·丹佛一起唱歌:"带我回家吧,乡间小路。"他的嗓音兴致勃勃。"你看上去有点像他,"我爸爸打趣地对我说,"特别是你那对耳朵。"

我从草坪椅子里爬出来。我光着脚走到爸爸面前,拉着他的手,告诉他我喜欢的家具。"我去上学时,你可别卖这件,"我对爸爸说,"也不能卖这件。我已经把我的名字写在上面了。"他看着我用蓝蜡笔在沙发面上涂写的名字"米里亚姆",没有生气。可能是因为他太累了。就像有一次我求他让我用推草机推草,可不一会儿我就把电线给割成了两段,他也没生气。

我在储藏室里总能感觉到店里的生意如何。我们店里的生意难得繁忙。我父亲不是那种催着别人买东西的店主。"买沙发是件大事,"他对一个人说,"要拿准了才行。"

他对另一个人说:"这张躺椅吗?嗯,很好。你看这椅子放下去的样子,非常平滑。就像是新的。而且价钱很好。"

我看见一双鞋子在淋浴门帘的外面停下来,在那儿等着,低声吹着口哨。那人谈起通货膨胀,谈起今天的一块钱没有过去的一块钱值钱了。

"对,"我父亲答道,嗓音里充满了同情,"你说得对。"

淋浴门帘突然被拉开,强烈的光线刺得我睁不开眼。"我的上帝啊。"那人边说,边向后退了一步,把手里拉着的帘子放下。

我父亲马上走上前来。"这是我女儿,她在这里休息。"

那人盯着我看,惊吓万分。我忙不迭地对他微笑。

"没事,没事的。"我父亲对我点点头,一下把淋浴帘子拉上。

"我非常抱歉。我没想到。"那人的声音渐渐地变小。

"没关系,"我父亲又十分轻快地说,"她只是在那儿歇着。"

他们的脚不见了,然后便听见门铃的响声。

那天下午,我看着爸爸把报纸从头到尾看了一遍,记住报纸上的人名和新闻，好在与别人闲谈时用上。"特鲁多。"他会对一位顾客说，然后耸了耸肩。或者，他会提到"比尔·贝耐特"，或是"撒切尔主义"，这最后一个词令人不安地滞留在空气里。

店外，大雨像细细的小溪一样从白色遮篷上淌下来，溅落在人行道上。有一阵子店里没有顾客，我父亲从他桌子的抽屉里拿出一些照片。我过去见过这些照片：印度尼西亚的种植园在广阔的天空之下。他用食指敲着他和母亲来温哥华之前住的房子。房子下面的木桩子像腿一样把房子支撑起来，离开地面。我父亲用双手摸着照片背景里的树，告诉我那些树上长出的水果，那些奇怪而又少见的东西，就像红毛丹、榴莲之类的。他凭记忆画了一张伊里安查亚的地图——那形状就像半个上身，加上一只摇动的胳膊。我父母曾经在那儿住过一段时间。"你想念那个地方吗？"我问他。

"有什么可想念的？"他说，脸上露出温和的微笑。

我不知道。

"我只是想念那些水果，"他边说，边把照片放回去，"那个国家，我都快忘了。"

我和爸爸玩画圈画叉叉的游戏一直玩到六点，然后爸爸就把店门关了。他数钱的时候，我擦洗地板，其实我就是拉着拖把走过来走过去。最后，还是父亲把拖把从我手里拿过去，认真地擦洗地上的鞋印和水渍。然后，他把灯光调暗，便在我们的身后把门锁上。我们开着别克车，路过在最近两年内三次受火灾的骑士和白昼①餐馆。我父亲隔着车窗向外指着说："看到那家餐馆没有？那餐馆把黑夜和白昼都烧了。"而后他大笑起来，几乎有些歇斯底里。

在家里，父亲洗做晚饭用的蔬菜。我把桌子准备好，这样妈妈七点回到家，做饭的准备工作就都做好了。妈妈在一家轮胎店工作，每天下班都精疲力竭。

吃晚饭时，我父母互相询问白天的情况。妈妈用勺子往我的盘子里放了些肝，同时问我为什么会生病。"你是不是吃了什么不对劲？"她问道。

"来，"爸爸说，举起他的筷子朝我这边送来，"多吃些蔬菜。"

后来，爸爸洗碗时，他俩对当天店里的进项有些发愁。只做成两笔小生意。"一月份就是这样，"爸爸说，"这是预料之中的。"

"十二月份也是这样的。"妈妈答道。

"情况会好起来的。"

妈妈叹口气说："非得好起来不可。"

我和妈妈躺倒在沙发上看电视。妈妈几乎立刻就睡着了，她的

---

① 在这两句中，说话人在用英文中的同音词"knight"（骑士）和"night"（黑夜）开玩笑。

脸埋在我的脖子里。

那天晚上,我睡在他们俩中间。他们俩靠床边睡,我睡在中间,在他俩中间的空间里滚来滚去。早上,妈妈最先醒来。我可以看见她在黑暗中拿自己的衣服。我向她挥手说再见时,她趴在我身上,在我的前额上亲了一下。然后,她亲亲爸爸。等他睁开眼时,她早已穿好衣服走了。

*

我从一生下来就住在温哥华。可我很少回到我从小长大的老巷子和老邻里去。但是,每次回去,我的记忆力都让我自己感到吃惊。怎么这条街与我所记忆的一模一样?我寻找二十年来留下的痕迹,唯一能找到的痕迹是树长高了。可是,街道本身还是老样子——人行横道和停车的标记、破损的水泥地(踩上裂缝条,压断你妈腰)、玻璃的店面——一切都没变。

等我长到二十一岁,我对这座城市的熟悉程度使我感到安慰。我当时在餐馆里当女侍,打些零碎的活。每天晚上,我和我的女朋友们都在酒吧里待到很晚,抽烟,将一小杯伏特加一饮而尽。男人们来了又走了;我们对此已司空见惯。有时,我们夜晚把衣服脱在沙滩上,到大海里去游泳。海水冰冷,一下子就把酒劲都冻跑了。

还有些时候，我们沿着海滩开车，天空突然阴沉下来。我会停下车来，看着那大绿树在风里前后摇摆。看到这一情景立刻让我感到高兴。我会把两腿伸直，躺在我的车顶上，听着我的衣服随风忽扇的声音。

大约就是在这个时候我遇见了威尔。他就住在离我家不远、同一条巷子的公寓房里，我过去常常坐在后面阳台上看着他来来去去。我喜欢他的灰眼睛，那眼睛为他那张男孩子气的脸增添了尊严。他个子高，上身略驼，卷曲的头发有些稀疏。威尔脸上的神情很有些简洁明了，真是本打开的书。一脸的天真无邪，藏不住任何秘密。一切都摊在外面，明白而又简单。

有一天，我看见他骑着摩托车从巷子里开过来。那是一辆破旧但威风犹存的旧摩托。我迎面走过去，站在他车前。我说，我看见他来来回回地走过，还说我晚上睡不着觉时，深夜还听见他的摩托车发出的声音。

他看着我，感到不解，还有点发窘。

"我只是觉得，"我站在那儿，前后摇晃着身体，说，"我们俩挺好的。"

他两眼探究地看着我，脸上露出惊奇的微笑。"这事我可不想跟你争。"他终于说了句话。他这话我可以接受。

那天晚上，他给我带来一顶头盔，并帮我把头盔的绳子系在我的下巴下面。"穿过这个孔，再穿过去，就像系背包带似的。把你的脚放在那儿，"他对着两个脚踏板点点头说，"注意排气管。它的温度会变得很高，会把你的靴子给热化了。你会发现有时我刹车，我们的头会撞到一起。别担心，不会把我撞下来。你可以抓住这儿，尽量往后靠。"

我们猛地一下向前冲去，我紧紧地抱住他的腰。风吹过来，把我脑子里的各种想法都吹走了。路面一变得平坦，他就踩油门，我们像是飞离了地面似的。

到了一个停车路标时，他转过身来，把他的头盔向上一推，对我说："我不能呼吸了。"

"我也是，"我说，"我也不能呼吸了。"

"我不能呼吸是因为你抓紧了我的胃。你能不能抱着这儿?"他把我的两只胳膊向上挪到他的胸前。

迎面来的车从我们身旁飞快地开过去。我们的车身倾斜着形成一道弧线，上了高速公路。我拼命地抱住他。他转过身来，做出口型问我："你行吗?"

"行。"

我的手掌平放在他的心上。我担心这样会让他停止呼吸，让他发心脏病。有时我可以从后视镜里看到他的脸。他穿的白衬衣被风吹得飘动着，他的后背让人感到分外地易受攻击。只要一个动作做错,就会让我们俩飞起来。我、他和摩托车就会在空中散架。

我们停下时,我已是上气不接下气。"再坐一程?"他问我。

我点点头。

"你有什么感觉?"

"我感觉像是永远坐不够摩托车似的。"

我们开回城里时,月亮又低又圆,像一个明亮的橘黄圆球骑在地平线上。群山朝着天空绽开花朵,一座接一座像是无数个影子。我记得我们曾看见一艘沉默的油船浮在水上。我们飞快地开上狮门大桥,这时桥上已是一串灯火。我抱住他的胸膛,把眼睛睁得大大的,心想:事情应该总是这样容易。

那天晚上,我梦到自己永远不会醒来。当我醒来时,我感到吃惊,但又很幸福。威尔的半个身子压在我身上,一只光胳膊搭在我的肚子上,他还在沉睡。

有些事实似乎在一开始时可以解释一个人。威尔的母亲在他小时候就得癌症去世了。他的父亲不久后也因为他所在的工厂的电路出事故去世了。第一次走进威尔的公寓时,我认为那是首挽歌,一个充满了悲伤的地方。可是,事实并非如此,威尔说他就是喜欢简单的装饰。四面墙上一片空白,整个公寓没有一件家具。威尔睡在一张放在地板上的床垫上。客厅里放着他的书,那些书堆在一起像金字塔似的。他在附近的一所学院里教艺术史。

我羡慕他的自我节制能力。在我看来,他的公寓是他简单无赘的生活的写照。而我向往的正是这样的生活——两脚踏实地站在地上,眼睛正视着未来。对我来说,是现在让我头脑糊涂,所以我总是忙于辨明方向。可是,威尔注重的则是未来的某一点。当时在我看来,日常生活中的烦心事并不像烦普通人那样烦威尔。还有一点,威尔无所畏惧,我非常喜欢他这一点。他一头跳进我们的感情关系里,让谨慎一类的考虑随风吹去。

我们的婚礼很快就结束了。就是那种半个小时就结束的婚礼。然后你走到户外,摄影机的灯光闪烁着忙于拍照,这时你开始想:刚才发生了什么?可是,自始至终你都陶醉在幸福之中。在婚礼仪式上,我们俩都忍不住想笑。即便在宣读结婚誓言时,我们也忍俊不止。威尔的脸像小孩子的脸一样发光。我笑得捧着肚子,直不起腰来。他脑袋的侧面有些头发翘起来,我伸出手去把头发抹平。我们在教堂里也在笑。我妈妈这时已是满头白发,就连她也找不到机会哭。

我们决定结婚可谓神速。我常常说笑话,是摩托车一下把我卷入爱河。然后威尔会说:"是这么回事。"我无法形容那天晚上当我和他一前一后地走进我们的巷子时我有多累。我忽然对一切都感到恐惧。可是我想,还是再给这事一个机会,与他谈谈。在那个时刻，我感到有种感情在征服我，让我无法摆脱。再看看威尔，他一刻也停不住。所以，我就应该紧紧抓住他。

*

我父亲没能来参加我们的婚礼。他那天一大早打来电话，他的嗓音听起来很弱，满含歉意地说："我感冒了，来不了。"

我父亲最后一分钟决定不来一点也不让我吃惊。那时，他一人独居。几年前他离开我母亲时，就已经开始过着一种不同的生活。那种生活已使他不把家庭责任看得太重。从某种意义上说，他离开我们是给了我和我妈妈自由。当时我们都已经在继续过我们自己的生活，可他还留在背景里。对于这一点，我们永远不能理解。他把自己的失败看得太重，再也振作不起来，结果用自行离去的方式来了结过去的一切。

我父亲很少设法与我联系。我当时认为是他选择了自己的处境，把孤独强加给自己。从某种意义上说，爸爸的决定对我来说是种解脱。我和威尔结婚时二十一岁，我不想让自己的注意力离开未来。

可是，很多年前，我们家的情况就完全不同了。我和父母会一家人挤在我们的别克车里，毫无目标地开车横穿温哥华。我们开过市中心和唐人街，开过那些狭窄、拥挤的街道，然后开往郊外。在高速公路上，我们可以瞥见忽然出现的蓝色海洋。

我们全家只有我一人出生在加拿大，所以我自认为比我父母更了解温哥华，更了解那些街道，诸如鲁珀特街、伦弗鲁街、纳奈莫街、维多利亚街。我们每开过一盏红绿灯——走，走，走，停——我就在脑子里划去一条街。

可是，温哥华没有一样东西能比伊里安查亚更重要——我父母结婚后的头五年都住在那儿。一九六三年，那个国家被印度尼西亚兼并了。他们废除了巴布亚的国旗，把那块领土叫作伊里安查亚，并让那里住满自己种族的人。我的父母是中国血统的印尼人。他们就是在那个浪潮中去伊里安查亚的，曾于六十年代住在那儿。"那里没有路，"我父亲有一次在我们星期天开车出去转的途中说，"什么也没有。"

我妈妈点点头。"当地的原住民到查亚普拉去找工作。那是个乱糟糟的城市，就像个边界城市。还在打仗。你还记得那些故事吗？"她说着说着不禁抖了一下，一只手朝下移动，放在爸爸的膝盖上。

"人被从直升机上往下扔。印度尼西亚军队把抵抗部队的士兵扔到他们自己的山谷里。当时有很多的谣传。"

尽管那里有暴力冲突和政治动乱，我父母还是想念印度尼亚。他们对那个国家的眷恋能从小事上看出来。比如，他们说英语时常常夹上一个中国字、一个印度尼西亚字。又比如，他们喜欢在句尾使用那个奇怪的感叹词："啊呀！"还有妈妈叫我回家吃晚饭时发出的奇怪声音。妈妈告诉我伊里安是个比亚克字，意思是"火山的地方"，而查亚是个印度尼西亚字，意思是"成功"。可是，我只学会了这两个印尼字。他们俩在家里只是互相之间说印尼话和中国话，从不对我说。妈妈会站在阳台上看孩子们在后面的小路上来回骑自行车。她会突然说："不过，这里不是清洁得多嘛，对吧？"

一九六九年，联合国就《自由选择法案》举行了一次投票，允许伊里安查亚人决定自己的前途。伊里安查亚人自己投票愿意成为印度尼西亚的一部分。"骗局一场，"妈妈告诉我，她的眼睛里充满了悲哀，"这是众所周知的事。"

我父母说抵抗组织攻击了金矿和铜矿。印度尼西亚军队无法深入丛林，他们对村庄进行了扫荡。他们一把火把村庄夷为平地，人都跑光了。我父母决定必须离开。他们就此永远放弃了印度尼西亚的国籍。

"在伊里安查亚，"爸爸告诉我，"路到了丛林边就断了。如果你想到下一个城镇，就必须坐船或乘飞机。绝对不能开车过去。"爸爸一开始时信不过加拿大的公路系统：这么大的国家能这么容易就开车横穿过去!

可能他在公路上开车是为了试试这个系统。当时我们星期天开车出游时,全家都挤在车里。爸爸一会儿让我们在小街上迷失方向,一会儿带我们在高速公路上绕来绕去。冬天,路面因下雨结了层冰,但我们还是飞快地在发黑的路面上驶过,一路上溅起几英尺高的水柱。

星期天,家具店关门。一个月又一个月过去了,可旧沙发、旧椅子还是没卖出去,我父母欠的房屋抵押债越来越多。他们从印尼带来的积蓄像门外的小河一样流走了,顺着街流走了,流到我们再也无法把钱找回的地方。我们家的运气(如果一个家可以有运气的话)就要干涸了。那时,我们家正处于兴旺时期:全家三口一起坐在车里,妈妈的嗓音在收音机的背景声音之上显得尖脆、响亮。我们不知道自己是多么的平静和谐。只是几年以后,当我父亲躺在温哥华总医院急救室里,一根很粗的管子插进他的喉咙供他呼吸时,我才意识到我们家发生了多么大的变化,我们一家人驱车外游的日子已是那么遥远。

*

那时,我妈妈是导航员,她把温哥华的地图打开放在自己的膝盖上。我坐在车子的后座上,当爸爸朝后视镜里看时,我盯着他的眼睛,看着他在寻找会突然出现的车辆的那种神态。现在,时隔很久之后,我回想起父母,感觉很不一样。我设法去重新琢磨他们的手势以及这些事件发生的轨迹。如果我能把过去那些事放在不同的光线和影子里,是否能发现更多的细节?是否能看见过去所忽略的微小细节?

在我结婚后的最初几年里,我只能想威尔。我们每天的日常生活让我感到很平静。他给我的生活带来了某种满足,一种我从未体验过的安定的幸福。

他晚上读书到很晚,我听着他用铅笔在纸上写字和翻书页的声音入睡。有时他会把我捅醒,让我看摄影图片,诸如吴哥窟的塔尖,或是在图莱尔河上出土的岩石画。威尔心胸开阔,他能看见所有事物中的神秘。他用食指敲一张照片时,我让自己跟着他一起动,沉浸在一个意念之中,然后又是一个意念,让自己进入威尔丰富的想象之中,让古老的历史取代我自己渺小的过去。

*

到我七岁时,家具店的境况已变得很艰难。放学以后或是周末,我还是陪着父亲在店里。渐渐地,我发现他更多时间是在休息，也就是坐在沙发上，眼睛看着窗外，等着。他一直是个感情内向的人。无论他有什么感受，都埋藏在心里不说。看看周围的沙发和椅子，父亲只是一言不发地等着，有人开门他才转过头去看看。

有天晚上吃晚饭时，妈妈低着头。"我们最好现在就把店给卖了。"她低声地说。

爸爸坐在我旁边，一手端着碗，慢慢地举着筷子，默默地吃着饭。

"除此之外，我们没有别的办法了。没钱再支撑下去了。"

为了礼貌起见，我假装没在听。我只顾吃饭，两条腿无声地在饭桌下面摇晃着。

"再说，房屋抵押债怎么办？"她摇着头说，"我们已没有钱去支付抵押债和租车费了。这样下去，我们不光会丢了店，我们的房子也保不住。求求你了，别这么固执了。"

爸爸把盘子推开，站起身来，离开饭桌。在我旁边，妈妈叹了口气，继续吃饭。她吃完后，把椅子向后一推，走上楼去。我从来就是最后一个吃完的。一个人坐在那儿，我会忘记吃晚饭，而是让自己的思绪神游。有时，到了晚上九点或十点，我还坐在那儿想事，碗里的饭菜还有一半没吃完。厨房里的灯都已关上，这时我会把腿蜷在椅子上，脸趴在饭桌上。饭粒粘在我的脸颊上。最后妈妈会过来，把我的饭碗拿走。

那天晚上，我父母在卧室里争吵。他们的嗓音像是从很远的电视机里发出来的，房子里只听到隐隐约约的声音。有人很响地甩了下门。最后，我站起身来，把我碗里的饭菜倒进垃圾桶。我上楼去睡觉时，所有的门都是关着的，整个房子悄然无声。

第二天早上，我父母又开始吵了。这时我已经坐在饭桌旁，吃着早饭。

爸爸从卧室走出来，绕着厨房桌子走了一圈。"你想让我干什么？店卖了以后我干什么？"

"回学校上学。想办法学些技能，好再找工作。"

"我已经有工作了。我工作已经非常努力。怎么我做什么都这么让你失望？"

妈妈不耐烦地摇着头说："不要胡搅蛮缠。"

我瞪着眼睛，先看爸爸，又看妈妈。爸爸突然大笑起来。那是种刺耳的声音，几分伤心，几分苦涩。他微笑着，一只手在空中挥舞着，然后又慢慢地落下来。"那个人是谁啊？"他问。

"你这是什么意思？"

"那个你们单位的人，那个提拔你的人。"

"我不明白你这是在说什么。"

"他那样做是为了什么？他为什么要提拔你？你在印尼连份工作都保不住。到这儿来，你倒受到提拔。我真不明白这是怎么回事。"

妈妈满脸疑惑地看着他。"我在工作单位很不开心。这你是知道的。"

"你告诉我啊,"他声调很平和地说,"这怎么可能?记住,是你要离开伊里安查亚的。都是因为你,我们才到了这步田地。"

妈妈哭着说:"这跟你是谁我是谁根本没关系。我只是想做对我们这个家最有利的事。"

这时我站起来,拿起自己的盘子。我的手在颤抖,手里的盘子斜过来,牛奶和麦片撒了出来。爸爸看着我,然后向水池走去。他拿起一块抹布,把桌子整个擦了一遍。然后他又转身对妈妈说:"我不这样认为,"他说,"况且,这也不是你能说了算的。"

妈妈拎起她的包,从后门走了出去,纱门自动地在她身后关上。

"我在尽我最大的努力,"爸爸说,"可你妈妈,她什么都要。你看见了吧?她太贪心了。"

我尽自己最大的努力去照父母教的那样去做:不管不该管的事,不说不该说的话,装聋作哑。我眼睛朝下,盯着桌子看。

后来,爸爸把我包得严严实实的,与我一道向学校走去。一路上,他没再说什么。到了学校,他松手放开我,我就跑进校园,与同学一道去玩跳房子游戏和加利福尼亚踢球游戏了。我会适应周围的环境的。爸爸知道我会长大,会很好地在这里发展。他转过身,开始朝家走去。

又过了六个月,家具店还开着。每当我父亲感到可能要放弃的时候,就有人来买把椅子,买张长沙发,买张双人沙发。就这样,我们一周又一周地混着。

现在想起来,我可以看到那家具店确实有副穷相:那些沙发个个陈旧,我父亲原本是个耐心的买卖人,也开始在与顾客说话时默默地流露出无望。在家里,我父母陷入深深的沉默。只有在不得不说话时才互相说话。"告诉你妈妈……"爸爸说。我就像他们之间的分界线一样被甩了出去。

周末,我在店里陪爸爸。有时,下午没顾客时,我就在草坪椅子上睡着了。有一次,我刚醒来,坐起身来听爸爸的动静,听他那吱吱作响的椅子和鞋子踩在磨光的地板上的声音。可是,我没听见任何声音。我以为他走了,就把淋浴门帘拉开跑出去。我可以看到自己当时的那副样子:一个身穿蓝色球裤、褪色T恤衫的小女孩,长着一对像约翰·丹佛的耳朵,一脸紧张的样子。爸爸坐在他的办公桌旁。我看着他的脸和他紧锁的双眉,问道:"出了什么事?"

他看了我许久,脸上的表情很是忧郁,然后说:"没事,别发愁。"

此后不久，银行给我父亲来了一封信，说他们要取消我们抵押财产的赎回权。我们从柯蒂斯街上的房子里搬出的时候，只有爸爸一人在打包。当妈妈在后院草坪上和我一起玩，以此分散我的注意力时，他从一间房间到另一间房间，把所有东西都扔进袋子：妈妈的漂亮裙子和鞋子、我的玩具和袜子都进了袋子。我们开车去我们的新公寓时，我们又回到那房子前，去看一眼我们多余的家具堆在人行道上，一长排盒子和垃圾袋沿着我们街区的路边放着。

但是，那天爸爸在家具店里很镇静。他从自己的办公桌边站起来，走到门口。他把牌子翻过来，然后对我说："我认为今天不会再有人来了。"爸爸把我的蜡笔和图画收拾好，我开始告诉他我在看的书，笨蛋小象和乌鸦的故事。我告诉他那小象最后能飞起来，以及它妈妈是怎样用象鼻子给它做摇篮的。爸爸只是看着我。这是他所能拥有的最后一家店了。

家具店就这样关门了。我记不得后来是否再有机会走进去过。我再看到那家店时，窗户都用纸糊上了，所以我再不能从路上看见店的里面。

*

前几天,我父亲打电话向我报告这条新闻:"亚齐在打仗,"他说,"又一个摆渡口被打坏了。"

我告诉他威尔得到了一个新的教职。

他说:"这可是个好消息。"

我们之间的这种新关系是试验性的,就像在黑暗中走动,向前走一步,然后向后走一步,试着去摸索这个空间的大小。

"你有空吗?"我问,"我们可以一道喝咖啡。"

"我可不能喝咖啡,"他说,"咖啡让我胃酸。"

我记下这条信息,然后提议喝茶。

那边是沉默——他在考虑我的提议。"你能开车来一趟吗?我的膝盖有些问题。"

"当然能来。"

我挂上电话时,心里涌起一股充满渴望的冲动,一股想要保护他的冲动。也许,是因为我了解我们为什么会走到这一步,我愿意重新绘制这张地图,把 A 点到 B 点画成一条直线。我会跳过那些困难的岁月,把父亲带到此时此刻:让他保持健康,未曾受过任何伤害。

但是,这样做就会抹去我们偶然瞥见的一切,抹去各种让我无法猜测的高度和深度。那条直线会抹杀我们所做的一切努力，包括那些必要的和受了误导的努力，以及最后使我们到达这里的努力。

*

夏天，我和威尔一有机会就离开温哥华。春季学期结束后，我们就沿着西海岸行驶。我当时在做秘书工作，在律师楼或广告公司做临时工。我喜欢这种工作的短暂性。你只需学会一套常规，然后可以为了形成新的常规而忘掉旧的。

有一次，我们在内亚湾待了一个星期。去那儿之前，我曾把手指放在地图上，指着奥林匹克半岛的最西点。"这儿，"我转身对威尔说，"我想去这儿。"我们俩飞速地开着摩托车，先向南，再向西。那镇子坐落在高高的岩石峭壁上，俯瞰着太平洋。第一天晚上，在我们汽车旅馆的客房里，威尔告诉我，用针扎酸橙的皮会让你所爱的人感到疼痛。"这样吧，"我说，"我们把所有的酸橙都扔掉。"

他微笑着说："对，谁要那些酸橙？"

"我们可不要。"

"但是，孩子呢？我们要不要？"

"要他们给我们带来痛苦？"我笑着说。

因为没听见他的回答，我转过身去看他。威尔的脸很严肃。他用一只胳膊把自己的身子撑起来。"这事也让我感到恐怖。不过让我们来考虑一下。要孩子也不至于那么可怕。我们可以在摩托车上安个小孩车座，还可以买顶婴儿用的头盔。我们的生活不会有太大变化。"

"好的，我可以考虑一下。"

他一下趴到我身上。就在这时，有种短暂而令人感伤的情绪向我袭来。"怎么啦？"他问道，手指在我的脸上来回滑动，"我可没敢靠近酸橙啊。"

我微笑着用手臂勾住他的脖子。我们可以要孩子，我想，只要我不停下来用脑子去想这件事。我们可以有威尔想象的那种未来，那种我出于无奈也承认过我想要的未来。我可以听见外面汽车在碎石路上开过的声音——前一秒钟车还在这儿，下一秒钟就开过去了，只是把碎石压得移动了位置。威尔抬起我的手，我当时应该说出我的担心的。可是，我错过了时机，什么也没说，结果让我想说的话像玻璃一样掉到沙子里。

*

家具店很多年以前就关门了。关门以后，我父母就宣布了破产。他们在破产以后的许多年里，都只能勉强糊口。妈妈又打了一份工来贴补家用。爸爸试着干了好几个行当。有段时间，他曾在一家印度尼西亚餐馆里当厨子。后来，又去挨家挨户地卖百科全书。在那以后，他去福特车行卖车。最后，他加入了房地产经纪人的行业。我当时十四岁，经常跟着他去举行房屋开放参观活动。星期天早上，在温哥华市还没完全醒来时，我们就往父亲的汽车行李箱里装满了"今天有房屋开放参观活动"和"请快进来！"的牌子。父亲把那些牌子插在柔软的泥土里，竖在沾满露水的草坪上。

接连很多年，父亲专卖"温哥华的特价房"。也就是遍布温哥华东部的那种楼上两间卧室、楼下一个厅的房子，那些规格化的、预制的简便房。父亲身着一套灰色的涤纶西装，但是他从来不做其他经纪人喜欢做的事。比如，他从来不买花放在前门厅里，从来不在房子里喷空气清新剂，也从来不重新调整室内的灯光。他只是用手指敲着汽车方向盘，看着房子外面的草坪不住地摇头。

一看到有人来看房子，他就满面笑容地迎上去，连忙握手，把他们引上楼梯。我就坐在草坪上看书。我可以听到从阳台上传来的他们之间随便的讨价还价。比如，那女主人观察了房子周围的环境之后说："你说得不错，可我脑子里想的可不太一样。"

"是吗？噢，这样吧，要不这样……"

"你说三十五万？在温哥华的这块地区？"

就这样,一连很多年,我父亲穿着同一套西装,把同样的牌子装进同一辆车的行李箱里,去卖房子。起初,他很乐观。可是,一旦很快要拍板成交,他就会在我们的公寓里紧张地踱步。他向妈妈许下不少诺言:"我们要买台新电视机。""我们终于要出去度假了。"妈妈听了之后微笑着,心里充满了希望。可是,每笔生意都是前功尽弃。也许是因为他太有礼貌了,也许是他太拘谨了。用他的话说,他没有能力把买卖做成。我父亲仔细地研究房地产的行情,阅读相关文章和书籍,并参加研讨会。他努力改进自己做生意时的措辞。可是,即便房地产市场兴旺了一阵子,我父亲一点光都没沾上。他只是个旁观者,他无法理解自己怎么会眼睁睁地看着财富和繁荣的潮流从面前溜走。

一天下午,他终于辞职了。他从一所供开放参观的房子回到家,把牌子、自己的名片以及生意笔记本放在垃圾旁。当时我和妈妈坐在沙发上。他对我们说:"这事我不能再干了。"他这一句话说得坐在那儿的妈妈无言以对。

在那些困难的日子里,只要一提到钱,爸爸就闭上眼睛,堵上耳朵,不言不语。他一次又一次地告诉妈妈,是她想离开印尼的,离开那儿的决定与他无关。是她把他和他所热爱的国家分开的。父亲曾经对我说,他到了加拿大,好运就离他而去了。他碰什么,什么就变糟。他朝我们的公寓四下看了看，看见旧得往下陷的沙发和塑料地毯，开始责怪自己。他认为是因为他的运气不佳，缺少创造性，我们才会落到这步田地，害得我们不得不去努力得到他未能向我们提供的一切。

我们的公寓变得一片肃静。我父母故意互不说话，以免发生争执，打破他们生活中脆弱的平静。

我渴望离开他们。夜里我有时爬出卧室的窗户，一点一点地挪到消防安全梯，然后从那儿轻轻地跳到地面上。在从半夜到拂晓那段寂静的时间里，我钻进过不同的汽车。我和我的朋友们在空荡荡的高速公路上飞速行车，我们飙车的速度非常快，使得沿路的树和路灯混在一起，融为一团。有时，我让邻座的一只手伸过来，摸索着放在我的腰上，那手在我的皮肤上形成一个温暖的三角区。

当我坐在车里飞车夜游时，我想到我的父母在家里沉睡，在梦中翻着身子。我很高兴自己能在外面，能够如此清醒地飞速逃离他们爱情的模式。我想，人的生活不该像他们一样。我可以选择另一条路，朝相反的方向走。

有一天晚上，妈妈听见我从窗户里爬回家。就在我正要上床时，她走进我的房间。"你上哪儿去了？"她问我，她的脸看起来非常疲惫。我们的公寓外面，有辆车绕着我们的街区转了一圈又一圈，那声音使我想到野兽在想保护自己的幼崽。那是种无声的安慰。我没回答妈妈的问题，她就把温暖的手放在我的额头上。不管他们曾经给过我什么样的保护和安全，现在那些都荡然无存了。妈妈当时也一定意识到这一点。她一直抚摸着我的头发，直到我的呼吸缓慢下来。她看着我的时候，我假装睡着了。

在那个时候如果我和爸爸一起走路，我们俩都会一声不吭。我们在超市里走过蔬菜区时，爸爸会走在我前头，他双眉紧皱，若有所思。他拿起几颗西兰花、几袋雪豆，先用一只手掂掂重量，然后换到另一只手上。他会问我："你喜欢哪种蔬菜？"

我会不耐烦地耸耸肩，推着买东西的车直接向前走。

"哪里起火了？你就像你妈一样，总是风风火火地向前冲，总是急着要到别的地方去。"

我当时十五岁，不明白他想要我干什么。我径直朝前走。

每个月我都看着妈妈逐一查看各类账单，她的脸上毫无表情。她会打开支票本，手里握着笔，坐在那儿，不知如何是好。父亲开始吃药了，要么是阿司匹林，要么是类似抗忧郁症的药。他的行动变得缓慢，过于注重小事。他说我和妈妈尽做些让他无法理解的事。我们总是慌慌张张的，一分钟都停不下来。而他呢？拒绝去接外面打进来的电话。这点让我母亲很生气。有一次，她打了一天电话都找不到他。她回到家里问他："万一我是有急事要找你呢？"

父亲耸耸肩膀,没说话。

"万一是紧急情况呢?万一是米里亚姆受伤了呢?"

他只是用一种极度冷漠的表情看着她。

她举起双手放在自己的耳朵上说:"我没法与你说话。我说什么你都听不进去。你的心上哪儿去了?"

一天夜里,已是凌晨三点了,我还在看书。他敲我房间的门。"请进。"我说。

他把门推开,站在那儿等着,看上去又老又累。看着他站在那儿,我很不高兴,他脸上流露出失望的神情。

"米里亚姆,你没生病吧?"他问道。

"我没事。"

"我看见你的灯还亮着。怎么还没睡啊?"

"我不想睡觉。"

他说:"你不该在外面待到这么晚。这样很危险。"

我点点头。

"有些事我们需要好好谈谈。"父亲说。

他站在那儿等着我的回答。我抬起头来说:"我现在不想谈任何事。"

"你听好。"父亲的表情看上去像是要发表一番讲话。他站在那儿,看上去非常脆弱。我可以触摸他,可那样会伤害他。"有些事我要告诉你。"

"求求你啦,请你现在什么也不要说。"

"你真的不想听?"

我又一次低下我的眼睛,不去看他。无论他想说什么,我都不想听。在我看来,我的父母就像小孩一样。他们是那么渴望得到我的爱。我认为他们得怪他们自己,我是真的不知道怎样才能让他们得到我的爱。这么多年来,我一直是他俩之间的一根联络线,充当他们的通信员。突然,我洗手不干了。我想割断那条线,看看会有什么事情发生。"是的,"我说,"我真的不想听。"

父亲转过身去。他回到自己的房间,然后把门关上。

春天一个刮风的日子里,我父亲离开了。他把自己的东西装进一个箱子,买了张去印度尼西亚的机票,就远走高飞了。

那天下午,我放学回家,发现父亲卧室的门半开着。我站在走廊里,想听听他的动静,可是没听见一点动静。我这才走了进去。他的房间收拾得很整洁,桌面上干干净净,没有一件东西。有那么一会儿,我觉得我应该转身走出他的房间。这房间虽然现在遭人遗弃,可它毕竟是属于父亲个人的,它该有自己的隐私权。可是,我却走到衣橱前,把门拉开。里面只有两件衬衫,一头挂一件,除此之外,什么衣服都没有了。

我坐下来,坐在爸爸的床上。过了一会儿,身子向前,把他书桌的抽屉打开。我看见里面有个信封,上面写着我的名字。好像我父亲本能地预料到我会这样到处找他留下的线索。信封里是张生日贺卡,这卡写得太早了——还要过两周才是我的十六岁生日。父亲写道,他已经回印度尼西亚,他会给我打电话。卡上就写了这些。

我打开窗帘,下午的阳光从窗户射进来。此时此刻,我尽量让自己不要感到失望,不要对他,或对自己,或对我们到这儿来以后的这么多年感到失望。当然,我想,他当然想离开这里。如果是我,我也会想要离开。我会拿着那张机票,远走高飞。那样,现在就会让我忘记我过去所知道的一切。

那天晚上,妈妈从工作单位打电话来。"你知道吗?"她问我。

"我回到家,他已经走了。"

我听到一张纸移动的声音,妈妈在调整她手中的电话。"你爸爸从机场给我打过电话。"

我在等她继续说下去。

"到底他还是回去了。"她停顿下来,嗓音有些哽咽。

那一刻我感到很难受。我吸了口气,然后对她说:"他在这里很不开心。我情愿让他离开这儿,也不愿看着他这么痛苦。"

"真的吗?"她沉默了好一会儿,然后清清嗓子说,"你那样想,我不怪你。我猜想，说到底，我跟你的感觉一样。"我们又谈了一会儿，然后她说："我很快就回家了。"我们就把电话挂了。

后来，我们发现父亲把一切都安排好了。他把他的车卖了。他把信用卡和账单都转到自己的名下。这样，他在离开前第二次宣布破产时，妈妈就不会受到牵连。他出于礼貌，对一切做了周到的安排，可他没能留张条子给妈妈。爸爸给她留下的仅仅是无言的离别。他一定知道妈妈会让他走的。她从来不是那种跟在他后面，央求他回心转意的女人。

那天晚上，我顺着消防安全梯爬下来，让自己的身体在空中吊了一会儿才松手着地。我走到隔壁 IGA 超市的停车场。在那里，霓虹灯把水泥地照成了粉红色外加黄色。在维多利亚街向南拐弯，我从一个街灯走到另一个街灯。两个男人坐在楼上的阳台上打牌。他们的嗓音飘下来："我最后听到的就是这样。"然后，传来洗牌的声音。"全烧光了。"我顶着风，继续向前走，一直走到自己精疲力竭，才转身向家里走去。

走到我们的公寓前面，我没力气再向前走了，就一屁股坐在冰冷的草上。我想到父亲那天晚上站在我卧室的门口，意识到那是一次没能说出口的谈话。似乎只要我当时做出一些小而简单的姿态——如果我真说上一些话就能让他留在这儿，如果我真是会说那些话的女儿——我就完全可以改变事情的结局。

从某种角度说，离开是我父亲最勇敢的行为。他总算把小心谨慎彻底抛开。那个在他的想象中越来越伟大的国家终于把他拉回去了。尽管他有家庭，尽管我们对他有感情上的牵连，可是归根结底，那个国家还是获胜了。

*

我遇见威尔时，他三十一岁。我们各自都有过很多的生活经历。起初，我曾希望通过跟威尔在一起生活，彻底改变自己。我希望自己能变成一个头脑里只装着当下的人，变成一个心里知道无论挫折多么大也总是能克服的人。当威尔要我嫁给他时，我高兴极了。我说："我太高兴了！真想从这个窗口跳出去。"他微笑着说："你可别啊。"

有一年夏天，我们曾经有三个星期认为我怀孕了。我当时二十三岁。一天晚上，我用胳膊肘把他推醒，而后轻声地说："我们也许需要一些专业的咨询，"他翻过身来看着我，双手放在我的肚子上，我们俩都屏住呼吸，"也许事情有些不对头。"

威尔温和地微笑着说："不会的。"

"这事有那么多东西要学。我还没做好准备。"

"你在怕什么？"

我用手抚摸着他的皮肤,然后抬头看着他说:"我害怕我不得要领,我还怕我会做错事。"

"我也挺害怕的。"

"但是,你想要这孩子,对不对?"

他点点头。"听你的口气,好像你不想要。"他脸上的问号显而易见。

"我确实想要这孩子。"

"你这是实话?"他问道。

当时,我没去想我说那话的后果。我总是不愿意告诉他我到底想要什么,所以再一次言不由衷并不困难。"是实话。"我说。

那个夏天的一个下午,下着瓢泼大雨,我去看医生,说我腰痛。"给我说中了,"检查报告出来后,我告诉威尔,"胎儿是出问题了。"这是医生告诉我的。我刚刚经历了一次自然性流产,这在怀孕的头三个月里是很经常发生的:"这些事常常发生。"

他说:"我简直不敢相信流产这么容易就发生了。"

那天晚上,我们俩喝了一瓶酒,紧接着又喝了好几瓶。喝完酒以后,我们俩开着摩托车,飞快地冲向大学,我坐在车后面,紧紧地抱着威尔的胸膛。当我们的车形成一道弧形要转上公路时,真让人感到痛快。我闭上眼睛,设法适应迎面而来的车辆,那流速飞快的空气可以把物体撞得粉碎。自从我离开家后,我第一次感到这样放松,丝毫不受控制。我坐在摩托车上,把身体的重量向后放,双手不再抱着威尔的胸膛,车子行进的速度冲击着我的身体。威尔迅速地向后瞥了一眼,脸上露出惊吓的表情。

那天晚上,我们把衣服全都扔在地板上,我坐在床上,不能呼吸。威尔把嘴贴在我的胸骨上,设法让我平静下来,似乎他能听见我不想说出口的话。那都是些什么话?别碰我。走开。我把双手放在他的胸脯上,轻轻地把他推开。然后,我站起来,走出我们的卧室。月光洒满了我们的公寓,给所有的东西都镀上了一层亮光。我们的家具看上去像后视镜里的物品那么遥远。那天晚上,随着时间的推移,家里的东西似乎离我越来越远,渐渐被我甩到了身后。

有一次,我在林恩峡谷的吊桥上走着,忽然感到恐惧,再不能向前迈一步。威尔站在我旁边,把手放在我的背上。"试着一口气跑到桥那头,中途不要停,"他说,"只要你不停下来思考,就一定行。"然后,他给我作示范。就这样,我丈夫不顾桥上还有儿童和其他游客,在林恩峡谷的吊桥上一路快跑。那吊桥摇晃起来像高空钢丝绳一样。他安全地跑到对岸,胸脯起伏不停,直喘气,回过头来找我。

*

　　我父母离开印度尼西亚时,他们离开的是一种熟悉的生活。但那种生活对我来说是全然陌生的。几年前,雅加达的学生走上街头,抗议政府。如果我的家人还在那儿,我会不会也在那些学生的队伍中,成为那海洋般的面孔中的一个?还有,那些暴乱分子在夜里把中国人开的店铺都放火烧了,表现出刻骨的仇恨和暴力,我们家如果在那儿,会有什么样的遭遇?我不知道我们家在那个社会里的位置,也不知道我们会属于两个对立面的哪一边。

　　印度尼西亚像块石头一样把我父母隔离开来。到了加拿大后,我妈妈没再回头看。她拼命地工作,眼睛一直看着未来。可我父亲看不了那么远。他守着那些印尼的老照片。他把那些照片拿出来看时,看得非常仔细,很是赞赏。他似乎在看那些照片是否能证明他记忆的真实性,看那些照片是否如实地反映他的国家的情况。

　　在他眼里,他生活中的厄运不是因为缺少机会或是没有新意,而是地点所造成的悲剧。总是在错误的时间出现在错误的国家,住在一个不很需要你而你却很需要它的家里。

父亲离开后,我和妈妈搬出了温哥华东部的公寓。我们用了一个月的时间打包,清理壁橱和抽屉,整理那些我们早已忘记的东西。一天晚上,妈妈给我看了她在爸爸的书桌里找到的照片。有张我父母的正式照片,两个人都很年轻,很严肃。还有他们老房子的照片,房子的下面用木桩支撑着。我想,爸爸不需要再带着这些照片了。我看着那广阔天空下的大片种植园,看着我所不熟悉的美景。

我放下照片,说:"你想他吗?"

妈妈摸着自己的脸,似乎在寻找一些情绪,然后说:"我是有些想他。可有什么用呢?那也不能改变现实。"

那一年,印度尼西亚出现骚乱。小范围内发生了一些暴乱事件,接着,暴乱遭到军政府的残酷镇压。我在电视新闻上看到一些镜头,不过只有几秒钟,为我打开了一个微小的窗口。伊里安岛上的人民还是很有组织,还在为反对印度尼西亚的占领而奋战,不过好像已没人对那儿发生的事感兴趣了。在我的脑海里,印度尼西亚是不安定和动乱之地。那里,有个军政府在不惜任何代价,硬要用武力把一些截然不同的岛屿强行放在一起。可是,对我的父母来说,哪个国家也比不上那个国家。就连我母亲,虽然她已把加拿大当作自己的家,也还时常想起在印尼的那些潮湿夜晚和她曾经说过的语言。

那天晚上我们把搬家的东西打点完毕,妈妈在沙发上睡着了。我到每个卧室里走了一圈,看到那些没完全装满的盒子,并停下来仔细观察妈妈。她的胸脯一起一伏,她灰白色的头发散开着,枕在沙发的坐垫上。我第一次感到对父亲的怜悯。他主动离开了我们,也许我们不会再让他回来。

父亲从爪哇、伊里安查亚,然后又从苏门答腊给我寄来明信片。我用那些活灵活现的图片——水牛和稻田——来记录他的行程。有一次,他要妈妈汇钱给他,妈妈照做了。我们无法猜想他那些年的境况,他也没对我们说。

父亲走了四年后的一个星期天早上,他打电话给我,告诉我:"我回家了。"

"你在查亚普拉?"我问道。

他停了一会儿说:"不,不是。我在这儿,温哥华。"

"你到底在哪儿啊?"

父亲笑起来,好像他一直在等着我问这个问题。"我已经在这儿给自己找了间单身公寓,"他说,"我变成个新人了。"

那时我独自一人住,所以我打电话给我妈,告诉她这一消息。"是不是他回来了?"她问,"我猜他现在住在一家旅馆里。"

"他有自己的公寓。"

"是吗？那行。这是个好兆头。"

我跑了很远的路到温哥华另一个区去看他。他住的那栋公寓楼离商业街很近，是座灰色的长方形建筑，在那块地方很显眼。我在外面踌躇了片刻。我想我在人行道上看见他了——一个年纪大的男人，下身穿着球裤，上身穿了件球衣，站在四楼的窗前。他在眺望着船坞，看着水上的油船和那些颜色暗淡的房顶。

爸爸开门时，身上裹着好几件毛衣。温哥华使他的热带日晒的效果淡了些，可是他看上去精神很放松。"你来了。"他满脸微笑着对我说。

我尽可能表现出自如的样子，也微笑着对他说："我来了。"

我们俩拥抱了一下，我这才发现他变得多么消瘦。他老了，脸很黑，布满了皱纹。我站在门口，可以看见整个公寓。他的公寓很小，厨房和客厅在一起。爸爸把我领进屋，笑着带我参观了一番。他说："我现在过的是单身汉的生活，不需要更多的东西。"我看了一眼他的家具——一张饭桌、一张床垫和一把塑料椅子。

他在炉子旁忙了一阵，消失在一片蒸汽之中。公寓里弥漫着调料、生姜、柠檬草和辣椒的气味。"我在做 Chilli kepeting，"油炸食品发出很响的声音，他大声地对我说，"我记得你很喜欢吃这个。"

角落那边的墙上有些发霉，呈现出灰色，地毯上有些遗留的香烟和潮湿的气味。他尽了最大努力来装饰这间公寓。他把圣诞卡挂在一根绳子上,房地产公司发的奖状用镜框装起来挂在墙上。优质服务奖,态度和善奖。我走上小阳台,看着街对面摇摇欲坠的公寓楼,湿漉漉的树叶沿着排水沟明亮地流淌。在海港那边,两座黄色的硫磺山在灰蒙蒙的天空下放射出霓虹一样的光。

"饭做好了。"爸爸说,说话间把午饭放在桌上。只有一把椅子,所以他就坐在自己的床垫上,把盘子平衡地放在自己的膝盖上。他上下打量着我,说:"吃啊。"脸上露出幸福的微笑。

透过爸爸公寓的墙,我可以隐隐约约地听见隔壁的谈话声。不过,那谈话似乎时常被电视里正在转播的球赛所打断。过了一会儿,爸爸问我:"你妈妈怎么样?"

"她挺好的。和往常一样,拼命干活。"

他点点头,仰起脸来说:"她到底想不想见我?"

我摇摇头。我来之前妈妈跟我谈过如果他问这个问题怎么办。"我不认为她想见你,"我尽量语气温和地告诉他,"现在不行。"

爸爸看着我,脸上露出不解的神情。

我们一声不吭地吃了一会儿。然后,我问他:"你是不是干回房地产经纪?"

他盯着我看了一眼,然后把目光移开,说:"我不知道。"

"可是你用什么方式挣钱呢?"

爸爸没回答这个问题,而是换了话题,诸如天气冷、冬天来得早之类的。我注意到他的毛衣袖口已磨损,他的手已是老人的手,干瘦而满是老人斑。我们吃完饭,他在洗碗时说:"我不在加拿大期间借了些钱。但是,这些钱我在印尼全花光了。"他打开水龙头,把盘子放在下面来回地清洗。"我现在正在吃救济,但不用为我担心。这只是暂时的。"

我们来到外面,一起站在阳台上。我告诉他我要结婚了。他看着通往码头的一条条街说:"这么快就要结婚了?"

他这话让我笑了,因为我知道他还在把我当成一个小姑娘。我笑着说:"别担心,我肯定你会喜欢他的。"

爸爸像是在想这件事。过了一会儿,他微笑着对我说:"你找到了自己喜欢的人,这太好了。不一定要单身一人过。"

后来,我起身要走时,他与我一道走到门口。他等在那儿,像是不能再向前迈出一步,否则,他就要越过那条将他和他现在住的地方分开来的界线。他一只手紧紧抓着门框,手指关节发白。

我凑上前去,在他面颊上亲了一下。"我会给你打电话的。"然后,我到了走廊,进了电梯,来到一楼。外面,雨下得太大,什么也看不清。在商业街上,一个男人带着两条拉布拉多犬坐在人行道上。他伸出手来向我要零钱,可我快步走开,急着要离开那里。我想,这就是勇敢的结果,也是毁掉自己生活的结果。我步行离开我父亲的公寓，雨水从遮阳篷上倾泻而下，走过一个个铺面被封上的店铺。尽管那天下午我穿过整个城市，一直走到自己再也走不动为止，但是我没有任何感觉。

*

威尔曾经说过，幸福这东西是要你自己去争取的。它就像放在店铺里的一个包裹，你要么把包裹捡起来，要么就大步走过去，不予理睬。我告诉他事情没那么简单。有的时候，各种因素会联合起来坑一个人。我告诉他，到了那时，这个人的境况就会像是倒栽葱，一头栽下去，拔都拔不出来。

"可有些人会选择不幸福。"威尔说。

"有时候，是不幸福在选择他们。"

"就像你父亲一样。"

"威尔，这事我们已经谈过了。"

"你迟早要正视这件事的。不能假装他不存在。"

"我不想和你谈这事。"

"那你想和我谈哪件事？你认为我们俩应该谈些什么？"他把两只手放在自己的太阳穴上，摇起头来。

到了这个时候，我已近一年没去看我父亲了。可是，我这样不孝的行为只有我知道。我所感到的悲伤是不能公开谈论的。每当威尔想谈这事,我就把门关上,转身离开。

这件事时常会从我们的生活中消失。当那种紧张气氛烟消云散时,我们就又能试探着互相交流了。我躺在床上,威尔的整个身子平卧在我身上,就像摔跤那样把我压在身下。威尔用一种我以为早已消失的表情看着我。惊奇和爱慕。可是,在他的表情下面隐藏着悲伤。"别太担心,"他说,"我们会渡过这一关的。"

他把手放在我的肚子上,从左向右画了条线,好像他能够看见那紧张的气氛,并且能够追踪到底似的。

得知妊娠已终止的那天晚上,我终于感到卸下了重担。突然间,我不需要再朝着一条已经开始走的路继续走下去。我坐在摩托车上,身子向后靠,双臂也顺势放了下来。威尔把一只手放在我的大腿上,似乎那样就可以把我固定在座位上。他继续沿着一条弯弯曲曲的路向前开,那条路的下面就是悬崖。他是那种不管我有什么样的缺点都会爱我的人。但我不能继续下去。我爸爸的那个形象一直留在我的脑海里:带着一个箱子,独自一人飘洋过海,去寻找记忆中的事物,去做一次逆时间而动的旅行来改变未来。

父亲独自一人住着,靠社会救济金度日,他的情况没见一点好转。就在我办其他事顺路去看他的那几次，我注意到他公寓里的墙上慢慢地什么也不挂了。先是圣诞卡不见了，然后是镜框。厨房的桌子上放了一排药瓶，装的都是治疗忧郁症和孤独症的药。父亲的体重增加了又下降，增加了又下降。有那么一两次，他在深夜给我妈妈打电话，希望能回到她那儿去。可妈妈轻声轻气地拒绝了他。当父亲向我倾诉这件事时，我只能点点头，不知道该如何回应。

我怎样才能改变他的状况呢？我不知道该怎么办，所以，我选择了撤退。父亲还拥有一些情感，诸如失望和后悔，可我现在的生活里不需要这些情感。在我看来，这些情感只是和他有关，与我无根无缘。父亲见我不愿与他有更多的联系，也就接受了我的态度，似乎这就是他所能要求的一切。他没再提出更多要求。

我每次去看他，他总会去拿相册。他低下头时，我可以看到他的脖子很细，弱不禁风。他身上那股无可奈何的情绪仍然可以感觉到，事实上，它充满了他的整个公寓。

我们总是从头开始。爸爸还是个男孩子，穿着短裤站在那儿，那是在参加别人的婚礼时照的。然后，他二十五岁了，跟我同年，背靠着一棵树，脸上闪耀着自豪的光彩。他有一张我们一家人很多年前以蓝山为背景照的相片。在那张照片里，只有爸爸一人在看着前面，对着镜头。我和妈妈都精力不集中，被左边或右边的看不见的东西所吸引住。当我们看到妈妈单独一人的照片时，爸爸总是停下来仔细看。他用一只手把照片的一半遮盖起来，好像他只能把妈妈分成不同的部分看：先看她的裙子，再看胳膊，再看脸。

九月里的一天夜晚，我和威尔又按照我们的老习惯行事。他拿出两顶头盔，我们俩都爬上摩托车。

他把我们带到温哥华西部，那儿的公路开在悬崖上，下面就是大海，挺悬的。那路戏剧性地拐弯，威尔尽量把身体朝一侧倾斜，风在我们下坡时刮得很猛。在城市高楼大厦轮廓的衬托下，太阳在慢慢向下移，一轮满月挂在天上；此时既不是白天又不是夜晚。那些薄薄的摩天楼像是浮在水面上。一路上，所有自助报纸箱里的报纸上都印有印度尼西亚的图片，帝汶岛上旗帜飘扬，总算要举行一次全民公投来决定那里的未来了。

威尔在一个观景点把摩托车倚靠在路肩上。我们下了车，脱下头盔。海里有些岛屿，岛上长了些光秃秃的树，很是显眼。威尔指着最近的那个岛说："那是鲍恩岛，对不对？我们三年前不是在那儿露营吗？"

"我想我们是在那儿露营过。可我记不太清楚了。"

威尔向那个方向眺望着，点点头。"那儿老是下雨，"他说，他呼出的气让空气变得模糊,"我记得我们在那儿时整天下雨。"

他站起来,走到观景台的边缘,指着其他一些岛屿,以及它们奇怪而又笨重的形状。我看着他的目光在海上来回移动。"你很少上这里来。"他说着转过身来。

我伸出手去摸他的脸。可他的表情是那样坦诚、充满信任,我犹豫了。"我期望的不是这样的生活。"

他满脸疑惑地看着我。

"也许我根本不知道我想要的是什么样的生活,"威尔的整个身体像是坍了下来,但我还是接着说下去,"我错误地认为我想要这样的生活。其实这并不是我想要的生活。我现在可算知道了。"

"米里亚姆。"威尔说。

"我想要的不是这样的生活,"我说,"对不起。"

"你得向我解释一下。"

我摇摇头。我什么也不知道了。我甚至不知道自己是不是爱他,或者我过去是怎么想的。威尔的脸上露出恳求的表情。我应该给他个解释,可是,我感到我的情感一下子封闭起来,变得硬邦邦的,脑中空白一片。"对不起,"我说,"我无法向你解释。"

威尔看了我许久。最后,他终于开口说话了。他说:"请饶恕我,但你这是懦弱的表现,是胆小鬼的行为。"

"别这么说。"

"你就这样毫不抵抗地甩手走开了。你认为这样做就能拯救你。从什么事情中拯救你,我不知道。"

"我只是想做到最好。"

"什么是最好?你自己都不知道。你根本甚至懒得去想那是什么,"他摇了摇头,有些不耐烦,"我现在知道了,你一点也不愿为我或者为你自己去冒险,这让我很生气。"

天开始下雨了,威尔戴上连衣帽。水从他的眼睛前面像一条细细的瀑布一样流下来。我只需伸出双手,让他拉我,可是我拒绝那样做。我怎么才能告诉他我自己对这事也不理解?我所需要的感情和能量一下子都跑得无影无踪了。他说得对,我就是想让一切都消失。

后来,当我们再次爬上摩托车时,我用胳膊抱住他的胸膛,但我的手是平放在他胸前的。车子开动了,我的眼睛看着公路。我们旁边是一条山脉,形成一个连绵不断的、雾蒙蒙的影子:分开的历史,不同的生活。

威尔买了张机票,要回自己在安大略省的家里去,好让我们分开一段时间。他离开后,我试图想象他在那儿的情形——一个人站在雪地里,嘴里呼出白气团。就连走路,他也要陷进几英寸厚的雪里。他感到很冷,可脸上的表情显得无所畏惧。我一个人在家,沉浸在胡思乱想之中。我看着镜子里的自己,对自己的表情感到很吃惊。我看上去一副惊呆状，一脸的毫无把握，彻底与我所了解的一切一刀两断了。

有一次，我和威尔站在我父亲的公寓里，想设法弄清楚世界地图所经历的种种变化。苏联的变化最大。整个国家都解体了——先是爱沙尼亚、拉脱维亚，然后就像山体滑坡一样变得四分五裂。我们惊奇地看着地图。我父亲熟悉东南亚。威尔熟悉与古代艺术有关的文化，那些曾经存在的古老的艺术基地，比如美索不达米亚、拜占庭。我热爱温哥华，这个濒临高山、流入大海的城市。在我的记忆中，我们每个人都被一个不同的地区所吸引，每个人都用自己的手在一个不同的国家漫游。

在威尔离开后的日子里，我反复在脑海里回想着那幅画面。那个时候，新闻里尽是印尼的消息。在东帝汶，暴力行为已在那个地区失控。新闻图片上可见到难民，许多人无家可归。我站在厨房的桌子旁，翻阅着报纸，不知道自己是在为谁伤心。我意识到自己的自私。我看到那些照片时，我在为自己从来没见过的国家而伤心，也在为威尔和我自己的家而感到痛心。对威尔和我自己的家，有些方面我过去从不了解，失去了那些东西是多么的不可挽回！

年轻时，我曾经研究过印度尼西亚的许多详细情况，那个国家的财富和美丽，以及它被遗忘的历史。好像知道了那些，我就能理解我父亲和我自己,好像我需要知道的一切都能被整理出来、写下来,它可以帮助我应付现在的情况。

*

威尔回到安大略两个星期以后,那年的第一场雪使整个温哥华都感到吃惊。我躺在床上,听着电话铃在响。一定是威尔,我想,可我不知道对他说什么。躺在床上,我可以看到外面的房顶。这场雪给周围的一切都披上一件白色的斗篷,因此,你似乎可以在温哥华走上几天都不会感到自己在向前走。

我记得我还是个孩子的时候得了一次肺炎。我父亲认为是雪的过错。在我生病之前,我们在西摩山上滑平底雪橇。其实,我们是坐在格莱德牌塑料袋上从山上滑下来的。到了晚上,我爸爸用围巾把我裹得严严实实的,开车带我回家。我们沿着黑黑的山路朝下开,路上一片寂静,只有少数几辆车在冰上打滑。车里的广播向我们发出警告,要我们待在家里,不要出门。如果你不会在雪地里开车,千万别开。我父亲双手紧紧地抓住方向盘,小心翼翼地踩着刹车。夜空布满了闪闪发亮的星星。

第二天早晨,我开始发烧,说胡话。那时爸爸已去店里工作,已把"打烊"的牌子翻过来,正在擦玻璃,掸去法国沙发木框架上的灰尘。我和妈妈坐公共汽车去了医院。下午，爸爸开车来医院把我们接回家。我被捂得严严实实地坐在车的后座。我可以透过车窗看见城市模模糊糊地一掠而过——树梢、霓虹灯——被我们甩在后面。车里很暖和，与外界隔离，就像一栋可移动的房子。

我父母在前面座位上低声交谈。"Noo-moan-ya。"爸爸说，他像是在试着发出这些音。

到了家里，爸爸用塑料勺子喂我喝米粥。勺子的空心处有张图画，是两个男孩在踢足球。过了一会儿，他们俩就进入了我的梦乡。我以为我是在跟爸爸说话。我告诉他这两个男孩在前面跑，把我远远地甩在后面，可我父亲手里握着一辆蓝色自行车。他在我旁边跑着，把我从蓝色自行车上推下来。我一下子掉下来，身子像杂技演员一样旋转着进入广阔的世界。父亲点点头，微笑着用他的手去降低我前额的温度。

有一天很冷，风很大，可我感觉身体强壮了些，我们沿着林荫大道，顺着沿路的雪堆散步。爸爸敲下一块冰柱，递给我，我小心地用戴着手套的手抓着。"你一定要照顾好自己。"爸爸严厉地对我说。他总是为我的健康担心。

我点点头，因为他对我的关心而感到心情舒畅。

"别让自己太受累，也不要生气。"

"我不会的。"

"这才是好孩子,"他拍拍我的头发说,"有一天你会给我买幢大房子。"

那天下午太阳下山以后,我坐在卧室的窗前。父亲正在后院里堆雪人,妈妈照了张相。闪光灯在黑暗里一闪,就照下爸爸站在他自己的作品旁边,一只胳膊搂着雪人的身子。爸爸的这个形象,如幽灵一般,印在我的脑海里。爸爸站在雪地里,微笑着让全世界看到。

电话铃响了一上午,可没人留言。我在公寓里从一个房间走到另一个房间,胡乱地把东西拿起来,又放下去。威尔的书还像金字塔一样堆在地板上。我看见《拜占庭时代的艺术》《从鲁本斯到毕加索》。在那堆书的最下面有本书的题目是《对学步儿童该有什么期望》。我拿起这本书,顺手翻了翻,不禁为威尔在书页空白处写的批注感到好笑。他一定是看完了整本书,书中所有跟艺术有关的部分都用笔画了线。诸如:"用嘴吹食品。有些食物更适合戏剧地排出体外。"或是:"对一些学步儿童来说,大便是个了不起的个人声明,可以说是最高的成就,是件值得庆祝的事,让他们感到得意。并且,如果他们愿意,还可以加以修饰。"在书页的空白处,威尔画了一个大头婴儿,下面写了一串名字:笨伯、汀汀、宝贝、黑鱼。

我打开收音机,他们没完没了谈个不停的就是天气。温哥华一向气候温和,但总是会被雪给打懵。公共汽车停运,道路无法行驶。我在冰箱里搜索了一阵,找到一块放了很久的冻匹萨饼,把它放进了烤箱。然后,我穿上外套,走了出去。隔壁的孩子们踉跄着在雪地里走路,一头栽进路旁的雪堆里。他们打起雪仗来。在他们旁边,一个老人在自家的车道上清雪。他衰弱的身子向前倾斜,他的呼吸在清新的、发蓝的空气里得以释放。

如果威尔在这里,他会怎么说?他会说:"这一定是黏性雪。"他说这话时会张开双臂,脸上露出很开心的微笑,"安大略的黏性雪。"当我抬头看向天空时,雪花径直朝我飞来,落在我的两眼中间。

回到室内,我正在抖去鞋子上的雪,电话铃又响了。

"谢天谢地,"我还没来得及张口,妈妈就说,"谢天谢地,你到家了。"

窗外有辆车把我的注意力给偷走了。那车先是向左急转弯,然后开得很慢很慢,一头撞进雪堆里。

"米里亚姆,很抱歉。出事了。"

那辆被堵在雪里的汽车的副驾驶车门突然打开了。司机爬了出来,站在那儿一动不动,看着雪不停地往下落。

"米里亚姆?你听得见我说话吗?"

"听得见。"

"你父亲,"她说,"有人发现他了。"

房间在旋转。我无法集中精神。外面那辆车的司机正在走开。"出什么事了?"

"我很抱歉。我太抱歉了。"她的声音哽咽起来。然后,她说:"米里亚姆,你得赶快来一趟。我们现在温哥华总医院。你父亲企图自杀。"

我环顾四周。"我来不了。"

"为什么来不了?"

"烤炉里正烤着东西,"我提高了嗓音说,"我现在来不了。"

"米里亚姆,你听我说。公共汽车已经停了,路上一辆车都没有。我联系不上你。你得马上过来,好吗?你知道我的意思吗?"

她先把电话挂了。我朝窗外看去,看了一眼那辆被抛弃在雪堆里的汽车,车顶上已有一英寸的积雪。

我身上还穿着外套。我打开烤炉,看见匹萨饼还用塑料薄膜包着,冻得硬邦邦。烤炉并没打开,里面冷冰冰的,我不禁笑起来,一种令人不安的声音充满了整个房间,然后停止了,戛然中断。我无意识地跪在地板上重新把鞋穿上。我关卜所有的灯,然后从前门走出去。从我那儿走到医院并不需要很长时间,大约十五分钟,可我不知道我是不是太晚了,不仅仅是行动得太晚了,而且在意愿上和思想上太晚了。如果不是太晚了，那就是别的问题——是对事物视而不见。

尽管还下着雪，我可以看到急救室的红灯。我走进自动门，来到接待处，报出父亲的名字。一名护士告诉我在楼上。另一名护士拉着我的手，带我一起从主走廊拐下去，走过一道双开门，走上一条异常安静的走廊。她打开一扇门，走进旁边的候诊室，把我带进去。

"你来了。"妈妈抬起头来说。她走上前来拥抱我，用她温暖的手摸着我的脸说："你冻坏了吧？"

"我是不是来得太晚了？"

她把两只手都放在我的肩膀上。我朝她低下头，把自己的额头放在她的胸前。"你到底赶到了，"她轻声地说，"不算晚。"

她的眼睛又红又累。她拿着我的大衣，我们一起走到重症监护室。一位医生来了，他开始用很小的声音说话。然后，我们走到一块白色帘子后面。我把目光移开，看着天花板。当我朝下看时，可以看见监测我父亲呼吸的机器。他的心跳声通过机器的放大，整个房间都能听见，那声音听起来像是慢步舞曲的节奏：开放而又均匀，开放而又缓慢。他床边有根金属杆，杆上的银色钩子上挂着一个静脉输液的袋子。他的前额有条很深的口子，基本上用绷带盖上了。他们在他的嘴上戴了一个氧气罩。

父亲闭着眼睛，不灵活地用手去抓氧气罩，想把它拽掉。他的手没能抓住，只是从边上一擦而过，把氧气罩打得向左歪了一点。他再次用手在脸上扫过，碰到了喉咙里的呼吸管。我一把抓住他的手，不让它再乱动。他的手很小、很瘦，他的眼睛紧闭着。

"是我。"我对他说。他的手摸上去软弱得只剩下一把骨头了，完全不像我记忆中的那双手。父亲睁开眼睛看着我。他无声地说出我的名字。这时我开始抽泣，眼泪情不自禁地往下流。

站在他床边的一分钟就像是永远。医生来调整他的氧气罩时，我还抓着爸爸的手。"他摔倒了。"有人告诉我。

我点点头，然后，我想要松开我的手，父亲的手却越来越紧地拉住我的手。我把另一只手放在他的手上，尽可能轻地移开他的手，抽出自己的双手。有人在我的身后放下了卷帘。一名护士走进来，取下静脉输液袋。我不顾一切地掀开帘子。妈妈把双手放在我的肩膀上。"米里亚姆。"她说。可是，我已经走出病房，沿着宽宽的走廊，走出那扇自动双开门。然后，我走过医院迷宫似的走廊、楼梯，顺着一条又一条涂了颜色的线走下去，像是要把这一切都甩在后面。我走过白色的墙，走过接待处，看着护士们来回走动，谈笑风生，观察周围的情况。威尔，我想，要是威尔在这儿就好了。这时我已经看不清东西了，摸索着走出医院大楼，走进外面寒冷的下午。雪越下越大。我站在那儿不动，伸出一只手去接雪，可雪花在我的眼前飞舞着,像是有人从天上把它们释放下来。

我记得父亲曾在他公寓的墙上挂着一本日历。每过一天,他就在日历上划去一天,像是在朝某个终点倒数。对我来说,那些年都混在一起,像是一堆没有边界的时间。可是,他没我幸运,没像我这么健忘、糊涂。这都是吃药和喝酒的结果,妈妈告诉我。最后,他失去意识,摔倒了,把额头摔了个大口子。他倒在地上十一个小时后,才有人发现他。他们听见他在公寓里呼叫的声音。公寓管理员打开门。父亲当时穿着一身西装,那种像是要穿去参加婚礼的西装。急救医护人员赶到,父亲一直坚持要见他的家人,直到最后失去知觉。他公寓的墙上已是空白一片。日历、地图都被折叠起来收好。通往阳台的门半开着,让冷空气进入房内。

我们整整一夜都在他身边。透过玻璃窗,我可以看见雪还在下。雪把大地覆盖得一片白,什么也看不见了。好像只剩下我们了,只剩下我、妈妈、爸爸了,就像当年我们全家驱车出游,横穿温哥华市那样。医院的医护人员进进出出,可他们就像我在想象中虚构的细节一样填补着边缘区域,而占据画面中心的始终是我们一家三口。

我父亲在毯子下面的身体很瘦。他脖子上的皮肤松垮地向下挂着。他曾经很注意自己的形象，把白头发染黑。可现在，他的头发已完全变白，染过的那层颜色早已无踪迹可寻。

他不时地睁开眼睛，像是从很遥远的地方看着我们。然后妈妈会抓住他的手，抚摸他的眉毛。我想，这就和过去一样。不管他去哪儿，去另一个国家还是去来世，我都无法跟着他。可是，当他睁开眼睛时，我知道他在回头找我们。他的眼睛里不再有戒备，我们眼睛里的戒备也无处可寻了。他的眼睛说出了最重要的几个字：不，不是这样。我终于对我一直存放在心里可又不愿放弃的恐惧和怀疑有了清醒的认识。那恐惧和怀疑不过是记忆造成的后果，仅此而已。

我感到眼前的一切如此亲切：看着爸爸的身子躺在床上，直接听着他的呼吸。他的手非常放松地张开着。妈妈就在我身旁，她一只手放在我的腰上。

整整一星期，父亲一直处于病危状态。我和妈妈在他的病床旁守候；妈妈离开时，我就接班。我们像往常一样保持沉默，但这次与往常不一样。这次不是因为有很多不能说的事，而是我们俩只是默默地在那个灯光昏暗的小病房里待着。爸爸生命体征的指数像用手写的字一样，在黑色屏幕上从左向右地移动着。

第四天，当太阳升起时，妈妈陪我走到医院大门口。"你需要睡眠，"她抚摸着我的前额对我说，"这不是一天两天的事。"

到了外面，她看着没有来往车辆的路。"他很爱你，"她说，"他总是对你抱有很大的期望。对不起。"看到我脸上的表情，她停了下来。"我说这话不是想要伤害你。我只是想让你明白。你从来没有让他失望过。"说完这话，她把脸撇了过去。

我目送着她回到急诊室入口处，门自动地分开让她进去。然后，我穿过停车场，走过一排等在那儿的救护车。

大雾笼罩着温哥华这座城市的轮廓，遮住了高山和水泊。我沿着百老汇大街向前走，走过缅因街，看见丢满了纸杯和报纸的人行道。我走过了那个几年前爸爸告诉我是全世界最高的无支撑的商业标牌。"你看，"我父亲自豪地对我说，"宝麦克（Bowmac），这是世界上最大的商业标牌。"他还带我去看过那座仍然在唐人街上耸立着的最窄的建筑。我父亲曾是我的向导，带着我在温哥华市里到处转悠。他一定很热爱这座城市。眼下，这城市整个被雪覆盖住了。到处一片白，一切都消失了，就像是和我们玩了个游戏，就像是我可以把它从记忆中带回来。

到了家，我打开公寓门上的锁，打开所有的灯。电话留言机上的灯在闪烁，那慢慢闪烁着的红灯像是心跳，像是救护车上的警报灯。

我听到妈妈的声音:"他正在舒服地休息。他们说我们可能已经熬过最糟的情况。"

我站在那儿,听着电话留言,直到录音放完。我的暖烘烘、空荡荡的公寓灯火通明。我的悲伤此时此刻就像另一个人一样站在我旁边,让我感到不踏实,让我流泪。如果我能把一切都摊开来:每个细节、每个手势,我能不能平静地接受事实?我能不能接受我自己?

威尔会说,让我们换个角度看问题。把一切颠倒过来。说我们让彼此离开自己的生活本是一种爱的姿态。

我用医院外面的公用电话给威尔打电话。因为我有说不完的话,每过几分钟我就得往投币孔里塞一枚二十五分的硬币。

我告诉他,过去我醒来时总会想到我父亲,想到他当时的生活,一个人在自己的公寓里,勉强度日。我会常常想起他,却做不到主动去看他。

现在我知道,我父亲和我是一样的。只知道等,一定要等到一个爆发点。对他来说,是要等到那个晚上他把酒和药混合服用,让人感到无可奈何。

"我很快就回家。"威尔说。

即便现在,我还是常常回忆过去,仔仔细细地去考察所有的细节。用放大镜去看每件小事，从中找出重要的线索。说到底，这只是为了我自己，为了我自私的爱。我把过去的那些事情组装在一起，然后又把它们分开来，看看是否会出现不同的结果。我想知道这些是因为现在有了希望，还因为我不想再犯同样的错误。

当父亲终于恢复知觉以后，他非常恐慌。"你们必须现在就离开，"他嘟嚷着说，"快，赶快叫警察。"医生告诉我，这是副作用。药物让他感到害怕。我站在他的床边时，他抓住我的手说："你叫警察了吗？"我说："叫过了。"

任何事情在父亲看来都是可能的。在他看来，墙壁在动，一会儿直，一会儿弯，就像埃舍尔的版画一样。父亲沉浸在我们谁也没有经历过的胡乱的想象中。他说："这里出了点错。"

"你说得对，"我告诉他说，"我来纠正这个错误。"

他低声地用印尼语问我："你肯定能纠正那错误吗？"我答道："不，我一点也不能肯定。"

接下来的几个晚上，我睡在爸爸病床旁的椅子上。我醒来时看见夜空布满了星星，想起我们一家三口过去星期天在没有来往车辆的路上出游的经历。我们在那些隧道和主要公路上开过。在我们对温哥华还不很熟悉的时候，我们常常迷路。

每天早上，妈妈来时，一只手里拿着杯咖啡，另一只手里拿着报纸。她坐在我让出的椅子上,给爸爸读一会儿报纸。慢慢地,爸爸回到了这个世界,他的眼睛睁开了,眼睛里充满了内容。我从爸爸病房的外面朝里看,知道这一刻很快就会消失。但是,当看见父母并排坐着时,我尽情地享受着这一刻。

*

上个星期天,我开车回到黑丝汀斯街和我从小长大的那块邻里。我想找到那家老店,可是临街的玻璃铺面已面目全非。我原以为在我的脑海中保存的那些生动景物会在现实生活中主动向我打招呼,来证实我记忆的准确性。当时威尔坐在副驾驶座上,他说也许整个建筑很久之前就被拆除了,在原地新造了一栋楼,一定是个新的开发项目。我知道他说的是对的,但我还是觉得我应该认识这个地方的。

我们下了车,沿着人行道走着。时值秋天,树叶都落了下来。树枝光秃秃的,甚为可爱。在离我们不远的地方,一个穿着蓝色雨衣的小男孩跑着穿过人群。我们看不清他在往哪儿跑,只看见他的胳膊向两边平举着,像架飞机似的。我想总会有人一把抓住他,把他的小脚抱离地面,高高地举起来。他们会让他从高处鸟瞰这条街、这些店铺和街上熙熙攘攘的人群。在街旁的小山上,很多汽车在慢慢向上开,它们忽开忽停,看上去很紧张。这时,街灯也开始亮起来。在我们前面的小男孩消失在人群中。就在那一刻,我意识到再也找不到我们的店了,可我还是朝着小男孩跑的方向走去。尽管我记忆中的所有标记都不复存在,可我到了这儿就感觉到了家。

短经典精选系列

走在蓝色的田野上
〔爱尔兰〕克莱尔·吉根 著 马爱农 译

爱，始于冬季
〔英〕西蒙·范·布伊 著 刘义韵 译

爱情半夜餐
〔法〕米歇尔·图尼埃 著 姚梦颖 译

隐秘的幸福
〔巴西〕克拉丽丝·李斯佩克朵 著 闵雪飞 译

雨后
〔爱尔兰〕威廉·特雷弗 著 管舒宁 译

闯入者
〔日〕安部公房 著 伏怡琳 译

星期天
〔法〕伊莱娜·内米洛夫斯基 著 黄荭 译

二十一个故事
〔英〕格雷厄姆·格林 著 李晨 张颖 译

我们飞
〔瑞士〕彼得·施塔姆 著 苏晓琴 译

时光匆匆老去
〔意〕安东尼奥·塔布齐 著 沈萼梅 译

不中用的狗
〔德〕海因里希·伯尔 著 刁承俊 译

俄罗斯套娃
〔阿根廷〕比奥伊·卡萨雷斯 著 魏然 译

避暑
〔智利〕何塞·多诺索 著 赵德明 译

四先生
〔葡〕贡萨洛·曼努埃尔·塔瓦雷斯 著 金文彭 译

房间里的阿尔及尔女人
〔阿尔及利亚〕阿西娅·吉巴尔 著 黄旭颖 译

拳头
〔意〕彼得罗·格罗西 著 陈英 译

烧船
〔日〕宫本辉 著 信誉 译

吃鸟的女孩
〔阿根廷〕萨曼塔·施维伯林 著 姚云青 译

幻之光
〔日〕宫本辉 著 林青华 译

家庭纽带
〔巴西〕克拉丽丝·李斯佩克朵 著 闵雪飞 译

绕颈之物
〔尼日利亚〕奇玛曼达·恩戈兹·阿迪契 著 文敏 译

迷宫
〔俄罗斯〕柳德米拉·彼得鲁舍夫斯卡娅 著 路雪莹 译

奇山飘香
〔美〕罗伯特·奥伦·巴特勒 著 胡向华 译

大象
〔波兰〕斯瓦沃米尔·姆罗热克 著 茅银辉 易丽君 译

诗人继续沉默
〔以色列〕亚伯拉罕·耶霍舒亚 著 张洪凌 汪晓涛 译

狂野之夜：关于爱伦·坡、狄金森、马克·吐温、詹姆斯和海明威最后时日的故事（修订本）
〔美〕乔伊斯·卡罗尔·欧茨 著 樊维娜 译

父亲的眼泪
〔美〕约翰·厄普代克 著 陈新宇 译

回忆，扑克牌
〔日〕向田邦子 著 姚东敏 译

摸彩
〔美〕雪莉·杰克逊 著 孙仲旭 译

山区光棍
〔爱尔兰〕威廉·特雷弗 著 马爱农 译

格来利斯的遗产
〔爱尔兰〕威廉·特雷弗 著 杨凌峰 译

终场故事集
〔爱尔兰〕威廉·特雷弗 著 杨凌峰 译

令人反感的幸福
〔阿根廷〕吉列尔莫·马丁内斯 著 施杰 译

炽焰燃烧
〔美〕罗恩·拉什 著 姚人杰 译

美好的事物无法久存
〔美〕罗恩·拉什 著 周嘉宁 译

魔桶
〔美〕伯纳德·马拉默德 著 吕俊 译

当我们不再理解世界
〔智利〕本哈明·拉巴图特 著 施杰 译

海米的公牛
〔美〕拉尔夫·艾里森 著 张军 译

对不起,我在找陌生人
〔英〕缪丽尔·斯帕克 著 李静 译

爱因斯坦的怪兽
〔英〕马丁·艾米斯 著 肖一之 译

基顿小姐和其他野兽
〔安道尔〕特蕾莎·科隆 著 陈超慧 译

在陌生的花园里
〔瑞士〕彼得·施塔姆 著 陈巍 译

初恋总是诀恋
〔摩洛哥〕塔哈尔·本·杰伦 著 马宁 译

美好事物的忧伤
〔英〕西蒙·范·布伊 著 郭浩辰 译

一切破碎,一切成灰
〔美〕威尔斯·陶尔 著 陶立夏 译

纵情生活
〔法〕西尔万·泰松 著 范晓菁 译

命若飘蓬
〔法〕西尔万·泰松 著 周佩琼 译

爱，趁我尚未遗忘
〔海地〕莱昂内尔·特鲁约 著 安宁 译

水最深的地方
〔爱尔兰〕克莱尔·吉根 著 路旦俊 译

石泉城
〔美〕理查德·福特 著 汤伟 译

哥哥回来了
〔韩〕金英夏 著 薛舟 译

他们自在别处
〔日〕小川洋子 著 伏怡琳 译

恋爱者的秘密生活
〔英〕西蒙·范·布伊 著 李露 卫炜 译

在奥德河的这一边
〔德〕尤迪特·海尔曼 著 任国强 戴英杰 译

当我们谈论安妮·弗兰克时我们谈论什么
〔美〕内森·英格兰德 著 李天奇 译

死水恶波
〔美〕蒂姆·高特罗 著 程应铸 译

一个自杀者的传说
〔美〕大卫·范恩 著 索马里 译

我的爱情，我的伞
〔爱尔兰〕约翰·麦加恩 著 〔爱尔兰〕科尔姆·托宾 编 张芸 译

蝴蝶的舌头
〔西班牙〕马努埃尔·里瓦斯 著 李静 译

未始之初
〔西班牙〕梅尔塞·罗多雷达 著 元柳 译

子弹头列车
〔加拿大〕邓敏灵 著 梅江海 译